我們深愛的2/3的她

佐渡遼歌 著

目次

Contents

Chapter 1:
The End of The World

我面對悄然聳立的高塔，在被夕陽籠罩的街道行走著。紫紅色的餘暉將四周大樓拖曳出狹長黑影。塑膠鞋踩在影子的間隙時總會發出啪嚓、啪擦的細碎聲音，混雜了霧狀的吐息，過了好一會兒，我才發現那其實是踩碎地面結成薄冰的水窪所產生的聲響。

街道相當冷清，少數仍在營業的店家也開始做收拾的準備。在這個夜間不會供應電力的區域，太陽落下的時間就是人們活動的界限。

穿過商店街後，眼前的景象更顯寂寥。城市的顏色宛如融化中的玻璃，藉著夕陽滲透到杳無人跡的角落深處。雜亂叢生的野草蔓延到道路中央，幾隻無家可歸的野貓正在刨挖著草根處，發出嬰兒哭嚎似的嗚咽。繼續往前走了好一段路，就可以看見被黃色塑膠繩擋住的道路盡頭，以及寫著「禁止進入」的警告牌。

熟練地翻過塑膠黃線後，我不由得加快腳步。

這裡放眼望去只能看見頹敗荒蕪的文明遺跡。雙線道的寬敞馬路有大半都被傾倒的建築物或梁柱鋼筋所掩蓋，地面則佈滿龜裂的縫隙。繞過傾頹的電線桿與銹跡斑斑的變電箱，我又走了數十分鐘，最後停在一棟兩層樓的建築物前。

有大半被藤類植物爬滿的招牌只能粗略辨識「田唱片」這幾個字。

「——打擾了。」

我低聲唸著，同時跨過只剩下一半的自動門走入店內。

每踏一步都會揚起塵埃，只好盡量放輕腳步。

我緩緩地經過成排鐵架。上頭堆滿無數專輯。每次經過這裡，我總會忍不住停下，小心翼翼地打開逐漸灰化的外盒，珍而重之地取出唱片，用指腹一次又一次的撫摸。憑藉著外盒殘留的圖像與標語，想像掌心那片唱片所承載的心血、感情以及想要傳達的意像。但是除非我能夠找到一台尚未毀損的撥放器，否則永遠也無法知曉黑膠的唱片縫隙究竟刻蝕著何種音樂。

直到屋簷霜柱滴落的水聲敲打入耳膜的時候才驟然回神，收回殘留一點點灰塵的指尖。

走到位於最深處的櫃檯，那裡擺放了一台舊型電腦。我坐在微微往右傾斜的椅子，彎腰挪開腳邊成堆的空外盒，謹慎取出一個數呎見方的箱型儀器。

我用力拉動提桿數次才將引擎催開，將插頭插入主機後方的插孔中。基於裝飾而裝上的真空管產生電離的青白光柱，黏著玻璃罩發出細微的劈啪聲響，但是很快就被引擎運轉的噪音所掩蓋。

自製發電機的缺點就是引擎運轉聲太吵了。

如果有時間的話，下次做一個不會那麼吵的發電機吧。

如果有時間的話。我這麼想，凝視著那白熾的光芒直到電腦開機完畢，隨即移動滑鼠，點開桌面唯一一個資料夾。無數名稱混雜著亂碼的音檔喇然排列在螢幕上，而接下來要做的事情只是將電腦硬碟中的所有歌曲一首又一首地點開，讓音樂撥放軟體去將那一長串由0與1所構成的電子訊號讀取成為旋律。

等待檔案開啟的時間總是特別漫長，更別提開啟之後有九成的機率會聽見無法辨識的雜音。儘管如此，我依然會等到歌曲整首撥放結束才換下一首嘗試。

就在我陷入半失神的重複動作後，忽然間，耳機流洩出完整的旋律。吉他弦的顫動刺激著耳膜，緊接著鼓聲浮出，粗魯地介入兩把吉他之間，擅自加快歌曲的節奏。

——太好了！是相當難得的搖滾樂！

我提起精神，閉上眼睛仔細聆聽。白沙灘、搖曳的海風與耀眼奪目的陽光。雖然我的英文成績很差，但是關鍵的名詞多少聽得懂，其餘部分則是任由想像力進行填補，專注感受耳機彼端流洩出不存在於此處的開朗熱度。

歌聲轉眼間就結束了，但我仍然沉浸在那想像出來的景象中，久久不能回神。

可惜的是電腦只剩下樂團名稱，歌名已經變成亂碼。

我輕敲鍵盤，將那首歌的名稱更改為「Lycoris-7」後傳送到隨身聽儲存。

今天就到這邊為止吧。我拔起連接著主機的傳輸線，等到電腦關機後，再次用唱片盒堆起的小山將發電機掩蓋起來。

等到走出店外的時候，驟降的溫度變化令我不禁打了個寒顫。這時才意識到天色已經全黑了。四周聳立的大樓就像純黑的玻璃圍幕，從大地延伸成為夜空的一部分，然後將所碰觸到的事物通通染上相同的顏色。

「剛過午夜二十五時……稍微有點晚了。」

原來自己在店裡待了五個多小時嗎？這麼晚才回去肯定會被罵，不如到老地方打發時間吧。

呼出的白色氣息穿過圍巾透到外面，順著只存在於隨身聽、耳機線以及腦袋裡面的旋律裊裊上升。我收起手錶，依靠月色照映出的白銀色塊邁開步伐。

耳機隨著逐漸高昂的樂音輕微震動。歌曲名稱正好是「Lycoris-3」。

每次八個小節的最後，總有種耳膜被刺了一下的錯覺。

數百年前吉他、貝斯混合鼓聲的旋律如今依然持續迴響著。或許這個世界只剩下我一個人知道並且記得這首歌，但是沒有關係，因為音樂就算在人類滅亡之後也會持續地演奏下去，現在存在於耳中的樂聲就是最佳證據。

在宛如死城的寂靜廢墟中，只有主唱嘶啞的歌聲陪伴我繼續前進。

——據說世界正在邁向終結。

太陽黑子的劇烈變動以及隨後引起的太陽風暴，造成絕大多數的電子儀器失常毀壞，更引爆了世界各地的廣範圍殺傷力兵器，造成難以想像的慘烈後果。累積千百年的文明在一夕之間崩壞殆盡。人類在那時遺失的不僅僅是自信、科技與音樂而已，持續數千年的生活方式也產生劇烈的改變，雖然按照教科書的說法，應該使用「進化」而非「改變」。

少數殘留下來的科技產品儘管喪失了原本的功能，卻被當作珍貴的文物擺放在學校、圖書館和博物館等公共場所展示。

儘管如此，對於我們這些打從出生就活在這裡的孩子們而言，世界從最初有所認知的時候就是現在這個模樣——一天有二十五個小時；糧食和電力都需要配給；天空總是佈滿灰濛濛的宇宙塵埃；只要站在高樓頂端就能夠越過無數建築物的屋頂看見漆黑色的海洋……等到我成年的時候，或許城市最高的那座高塔已經變為聳立在廣闊大海當中一根無助的牙籤也說不定。
那瞬間，我忽然被一陣沒有由來的情緒淹沒，有種喘不過氣來的錯覺。擅自想像然後擅自被嚇到也太愚蠢了。發出苦笑的我輕輕拍了拍臉頰，抬頭望向不遠處的目的地。
那棟同樣被玻璃窗圍繞的大樓比起周圍傾斜倒塌的廢墟慘況，簡直可稱為完整，而且最重要的一點，大樓內部保留著堪用的太陽能發電系統。
所有和太陽能發電相關的裝置早就被高層盡數回收了。畢竟製作太陽能板的技術失傳已久，在能源科重新研究出利用太陽能的技術之前，高層只能聊勝於無地從廢墟中挖掘的舊文明的科技產品使用。
我不曉得為何這棟大樓能夠倖免於難。因為外觀不顯眼才逃過一劫？還是型號太過老舊所以沒被徵收，不過對我而言就省去每次爬數十層樓的功夫了，對此自然相當感激。反正高層收集那麼多太陽能板也沒有相對應的需求，不如留給我物盡其用吧。
我推開舊大樓鏽跡斑斑的鐵門。這裡可以清楚地察覺到時間存在的痕跡，無聲地盤踞在角落，在沒有任何人知道的情況下度過了數百、數千年的時間的痕跡。
我曾經有段時間相當熱衷於尋找那種奇妙的感覺。
總是翹課在舊首都外圍亂晃，看見毀壞卻不至於倒塌的建築物就會如同撲火飛蛾一般被吸引似的走進去。
打開門，在迎面撲來的灰塵中想像這個房間以前的模樣——住在這裡的是什麼樣的人？那些從千百年前就放置在此處的物品是什麼用途？他的生活和現在的自己有哪裡不同？牆上那幅歪斜的塗鴉有故事隱藏在背後嗎？

但是當我發現這棟大樓之後就停止那種遊戲了。尋找時間殘留的痕跡固然有趣，卻無法成為長期打發時間的消遣……雖然也有可能是我單純地感到厭煩罷了。

大樓的內部晦暗不明。牆壁留著壁紙被撕下的痕跡與漏水造成的污漬，在幽幽光線的照映之下彷彿某種大型動物的內臟皺褶，使人畏懼卻步。低著頭的我快步穿越警衛室與大廳，走到深處的電梯。很剛好的，電梯正巧停在一樓，沒有等待就踏入其中。

帶著裂痕的電子螢幕最後停在37這個數字。

伴隨著叮咚聲，我踏出電梯。走廊飄蕩著塵埃的光點，在月光照映下緩緩浮動、墜落。我推開位於盡頭的緊急逃生門，眼前豁然開朗，沒有任何障礙物的頂樓可以清楚地看見邊緣的欄杆，更外面的景物染上一層朦朧的青藍色，好半晌才會意到那是穿透宇宙塵埃灑落的月光。

我走到正中央，呈現大字型地躺在冰冷的頂樓地板。

視野毫無阻礙地對應著夜空，吹落的微風隱約帶著海的鹹味。

由於城市的土地不適合耕種作物，居民都搬到郊區生活，都內的建築物大多已無人居住。四周大樓的玻璃反射著從宇宙灑下的微光。那些房間曾經全部住滿了人、然後發出光亮嗎？那樣的景色如果從外太空觀看肯定很美吧，但是進一步想想，在這麼小的區域擠入那麼多人難道不會感到擁擠？和周遭的陌生人過度接觸產生摩擦與爭吵？甚至缺乏空氣窒息而死嗎？

這個時候，對面大樓傳來鐵門開啟的細碎聲響。

鞋底輕觸地板的聲響緩緩靠近。

……果然今天也來了。

我翻了個身，將隨身聽的音量轉小，望向欄杆與欄杆之間的縫隙。穿過佈滿鐵銹的銅管，越過低斜的空隙，能夠看見在對面的大樓樓頂站著一名少女。順著海風飄起的長髮和夜色融為一體，深邃皎潔的眼眸彷彿要抓住什麼似的凝視著上方，而月光也就順著她昂起的臉龐往下滑落，勾勒出弧度姣好的頸部，掛在脖子的酒紅色頭戴式耳機爍動著月色。一襲靛黑T恤與長褲的服裝彷彿渲染開來似的和影子融為一體。

自從我第一次找到這棟大樓的時候，那名少女就已經待在那裡了。

之後每次來這裡都會看見少女獨自待在對面的頂樓，用著相同的眼神昂首凝視夜空，不過就像蜷曲在一樓角落的流浪漢大叔或是偶爾才會到頂樓瞪著太陽能設備發呆的中年婦女一樣，這裡不會有人去追究彼此的姓名、身分與來歷。我們不關心那些也不在意那些，甚至連交談也沒有。畢竟身為湊巧共享著這棟大樓的陰影和溫度的一分子，只要有半坪的容身之處就該感到心滿意足了。

我不否認自己對於那名少女感到些許的好奇，但是詢問或關心太麻煩了，而且也毫無意義。就這樣盯著她看了許久。我呼出口氣起身走到邊緣，背靠著欄杆坐下。

夜空中鑲嵌的微弱光點一閃一閃的。

據說我現在所看見的星光其實是數千數萬年前所發出來的，此刻映入視野中的那顆行星可能也早已不復存在。最後燃燒並且綻放的光芒能夠延續數萬年之久，傳達到宇宙某個悠遠的角落。每想到此，胸中總會湧現一股奇妙的熱度。

早在千萬年前就消失的星球，以及持續數千萬年的光芒。

她或許也在想著類似的事情吧？否則大概就不會流露出如此複雜的眼神了。

不知不覺間，一種規律且和緩的敲打聲讓我猛然醒來。

這個時候，我才發覺剛才睡著了。

半瞇著眼尋找聲音的來源。耳機早就在不知不覺間鬆脫了，搖搖晃晃地垂落在胸前。朦朧的視線中看見外牆有根欄杆斷了一半，每當強風吹過就會撞上旁邊的欄杆，進而發出聲音。原來如此。

話說回來，我睡了多久？

我費力撐起痠痛不已的雙腿站起來。天空依然沒有光線，一瞬間讓我以為仍然是晚上，不過等到視力恢復才發現並非如此。空氣飄蕩些許的潮溼味，沒有光線的原因是綿延堆疊的陰霾雨雲。大概快要下雨了。我揉著鼻子，手腕內側的錶顯示著九點二十七分。

已經是學校第一堂課的時間了。

……算了，好麻煩又好睏，乾脆翹掉吧。

我翻了個身，視線正好對到下方大樓的頂樓。

那名少女還是維持著仰望天空的姿勢，任憑風捲撥著長髮，靜靜站在原地一動也不動。

我閉上眼皮，接著黑暗便掩蓋住她的身影。

最初感受到的是點狀的刺痛感以及冰涼，接著我被午後的陣雨驚醒。猛然坐起身的時候很是頭暈了一會兒，然而現在可不是管那種小事的時候。我急忙在雨中的毒素滲入皮膚之前跑進大樓裡，脫掉制服上衣將雨水擦乾。

聽說曝露在雨中一整天將會皮膚潰爛而死，不過雨從來不會下超過五個小時的時間，所以也沒人能夠實際證明這個謠言是真是假，但是寧可信其有……雖然我沒有非得活下去的理由，卻也不想這麼簡單就死去。

被驚醒後就睡不著了，可是在頂樓除了睡覺就沒有其他事情可做。

我想了想，決定去學校上下午的課。說是這麼說，也只不過是換一個場所睡覺罷了。

我在大樓之間半跑半躲的避免被淋濕，不過到學校後也大致全濕了。當我用保健室借來的毛巾擦著頭髮進教室時沒有任何同學朝我瞥上一眼，就連老師也是，每個人都繼續做著自己的事情，不禁讚嘆真是符合現代的禮貌行為。

半夢半醒地撐到放學時間，神清氣爽的我第一個走出教室。

木造的學校牆壁只要被雨淋過就會發出一種淡淡的味道。很像是黴菌聚合體受潮後的味道。我在樓梯轉角的自動販賣機買了兩罐咖啡，踱步踏在通往頂樓的階梯。

參加社團活動的學生早就到所屬的教室集合完畢，被雨滲成深褐色的操場也劃分出各自的地盤，開始進行不同的運動項目。

頂樓向來禁止學生擅自進入，不過在學校待久了就會知道有特殊的手法可以弄開頂樓鐵門的鎖。我毫不費力地推開鐵門後，便看見寬敞的頂樓中央站著一個帥氣抱著薩克斯風吹奏的身影。黃銅色的表面倒映出清麗認真的側臉。旋律在已經放晴的難得藍天中節節攀升、響亮飄揚。

不少學生在經過校門時都會抬頭望向頂樓。

我安靜地在一旁等到整首歌結束才將咖啡拋出去。少女單手接下，偏頭詢問：「翹掉一整天課的人為什麼會在放學後出現在學校？你沒發燒吧？」

「對特地送慰勞品的人，妳第一個感想是這個？」我不禁賭氣地伸出手掌，不悅開口：「飲料還我。」

「我拒絕，拿到手的東西就是我的了。」

唯羽笑嘻嘻地拉開鐵環，一口氣喝了半罐。

「所以呢？你今天到哪裡去混了？期中考試已經快要到了。」

「真沒想到會從妳口中聽見這種警告，中午之後妳也翹課了吧。」

聞言，唯羽鼓起臉頰。

「喂喂喂，再怎麼說我可是品學兼優的好學生，在高一就拿到音樂大學的保送名額，備受世界期望的音樂天才呢。」

「然後拿到名額之後成績就直線墜落，這點妳無法反駁吧，還有不要擅自增加自己的名號，況且——」好學生……是吧？

我的視線下意識瞥向唯羽的腰間。現在那裡被制服所覆蓋，儘管因為汗水的緣故變成半透明，卻還是無法看見滲入皮膚深處的紫藍色刺青。

儘管只因為偶然見過一次，卻永遠也忘不掉的刺青。

那是個以天使片翼的羽毛為藍本的刺青——代表「香格里拉」的成員象徵。

在這個世界逐漸邁向終焉的時代，新興的宗教團體不可勝數。雖然大多數的團體在略成氣候之前便會被高層強制解散，嚴重點的甚至會有荷槍實彈的軍警攻入根據地，造成或多或少的傷亡，而教徒們也被迫四散逃亡，不過沒多久就會有打著新名稱、新理想、新救贖的團體出現，迅速吸收徬徨無助的教徒們，再度成為隱藏在城市陰影當中的熱絡組織。

最近興盛的則是名為「香格里拉」的團體。

記得兩三年前就聽過這個名稱，就宗教團體而言，已經算是持續相當長的一段時間了。換句話說，香格里拉早已被高層列為目標，隨時以武力強迫其解散也不意外。

雖然我不瞭解那些宗教團體確切的活動內容，不過根據報紙或是同學間的謠言——這點才是最關鍵的消息來源——不外乎是許多違背禮俗的儀式。

第一次看見刺青的時候要說不吃驚確實是騙人的，但是比起第一次看見她頸子吻痕時所受到的衝擊，倒也不算什麼。

這是唯羽的生活方式，身為她其中一名友人的我沒資格說長道短。不如說她沒刻意隱瞞刺青的事情反而令我有些高興，表示在她心底，我比起普通朋友的地位還要來得高。

在我思考這些無謂的事情時，薩克斯風的聲音沒有間斷地朝向天空頂端持續攀升。

等到下一首歌曲再次結束的時候，唯羽才重啟話題。

「——你打算說了嗎？翹課的理由。」

「其實也沒什麼好隱瞞的，不小心睡過頭了。」我老實交代。

唯羽做出「那是哪門子爛藉口」的鬼臉，半吐出舌頭，卻在下一秒立刻換成燦爛到媲美冬日陽光的溫暖笑臉，令我不禁懷疑這麼劇烈的情緒起伏是否會造成臉部肌肉抽筋。

「對了，早上班會點到你名字的時候，多虧有我代為回答，所以老師只是瞄了你的空座位一眼就沒有追問下去了。」

「我們一個年級只有一個班，肯定馬上就被老師拆穿了啊！」我沒好氣地嘆息：「妳不要擅自幫我啦，這樣只會將事情越搞越亂。」

「居然這麼說！我可是好心幫你耶！有你這種態度的嗎！」

唯羽一邊埋怨一邊從書包拿出一大塊棉布，小心翼翼地包住薩克斯風，接著再用繫繩綁緊。之前我曾經陪她跑遍整個第二生活區，卻找不到能夠裝薩克斯風的盒子。申請配給的清單當中不可能出現樂器盒子這種選項，而專門訂製的話只憑高中生的零用錢是遠遠不夠，最後只能採取折衷方案，用棉布仔細包著以免受損。

「今天練到這邊就行了嗎？比昨天還要早了不少耶。」

「我也偶爾想要偷懶一下啊……再說我從第三節課點完名後就開始練習了，總時間比昨天多上三倍，沒問題的。」

「所以說了，翹課不要說得如此正當啊。」

「因為我有正當理由啦。」

我在一旁等唯羽收拾好薩克斯風，和她並肩走下頂樓。

「吶，回去的時候順路去吃點甜食吧。」唯羽側臉提議。

「妳這是在徵求過我的同意嗎？疑問句的語尾不是應該上揚嗎？」

「回去的時候順路去吃可麗餅吧。」

「不要擅自推進話題！」

「聽說學校附近新開了一家新店，這可是第二生活區首家可麗餅專賣店，一定要去嘗嘗才行。你有意見嗎？肯定沒有吧？就算有我也拒絕接受。」

「……好好好，算我輸給妳了。」

我妥協地嘆了口氣。按照以往的經驗，如果此時不答應，後果將會更加麻煩，因此認命地說：「請帶路吧。」

✣

我們居住的第二生活區和其他生活區相較之下占地並不廣，鄰近舊首都且背著海洋的地理位置更是侷限了擴展空間，為此，一直有風聲謠傳高層打算另闢新的生活區，以舒緩第二生活區的人口。不過高層的政策與自己毫無關係，我在意的是更加切身相關的事情。

在狹小的第二生活區一旦有新商店開幕，最初的數週都會塞滿湊熱鬧的人潮，不過唯有販賣食品的店家例外。在糧食需要憑證配給的現代，有管道開設餐廳的人不外乎是高官權貴，想當然爾，料理的價格也絕非一般人能夠負擔得起。

以往開設的都是高級餐廳，這間新開的甜食店雖然立意新穎，不過應該很快就會倒閉了。

我一邊打量店內的設計，同時被身穿燕尾服的服務生帶到靠窗的雙人座位。

途中稍微張望一下，果然客人都是社會人士，半個學生都沒有。

「對了。我最近快沒錢了，今天你請客喔。」唯羽說。

「剛坐下就扔出這句話啊……我也沒比妳寬裕多少，拒絕。」

我稍微瞥了眼菜單。光是便宜的口味就等於三個月的零用錢了，成年人社會的開銷真是令人訝異。

「別那麼小氣啦，反正你的錢肯定都拿去買零件。與其花費在那種不能吃的硬梆梆金屬，不如拿來填肚子。」

「彼此彼此，妳的錢不也都拿去保養樂器和買樂譜，那兩個同樣不能吃啊。」

唯羽頓時語塞，支支吾吾了好一會兒，直接轉移話題。

「你最近似乎挺忙的，跑去你家好幾次都不見人影。是在忙些什麼？」

不過她轉移話題的犀利度一向高明。

無法流暢回答的我下意識避開唯羽澄澈的眼眸，低聲說：「不、不重要的小事啦。」

「你該不會還在研究那台電腦吧？」

唯羽總是在不重要的小地方總是特別敏銳。真是討厭。

「被我猜中了？」唯羽訝異地捂住嘴巴，誇張地說：「幾個禮拜前我不就警告過你別去碰那台電腦嗎，要是被高層發現會被罰錢耶，嚴重一點說不定還會被抓去進行品格教育，甚至留下前科。」

「沒有那麼嚴重啦，妳老是喜歡將事情想得很誇張。」

之前不小心向唯羽提到關於那台電腦的事情果然是個錯誤，不過當時我發現內有無數歌曲的硬碟，興奮地想要找人分享也是無可厚非，再說了，妳這個參加怪異宗教團體的人有立場指謫我違法嗎。

這些想法迅速掠過腦海，理所當然，我半個字都沒有付諸言語。

唯羽停頓片刻，忽然說：「吶，請客的事情就算了，今天帶我一起去那台電腦那邊好不好？」

「才不要。」我不禁暗忖如果讓這傢伙知道位置，之後肯定會找機會溜到唱片行，幹一些假裝不小心將水潑到電腦主機之類的行為。

唯羽再度鼓起臉頰嬌嗔：「我是為你著想耶！」

「但是保留著數千首歌曲的硬碟相當珍貴啊！錯過這次可能永遠也找不到了。」明明只要閉嘴保持沉默就沒事了，我卻忍不住回嘴。

「就算裡面有幾萬首歌也一樣啦。」

唯羽卻固執地堅持己見，要求我非得銷毀那台電腦不可。

「反正等到我將可以聽的歌都拷貝完之後就會處理掉電腦了。」

不過我不會交給高層，那麼做還得填一堆麻煩的表格，不如自行處置。拿瓶腐蝕性強的溶液將表面沾上的指紋都融掉，再找棟廢棄大樓的空房間扔著就行了。這兩者在禁入區域都不難取得。

唯羽瞇起眼睛。

「處理掉，然後再去找下一台電腦對吧？」

由於她的猜測太過準確，我無話可說。並非啞口無言、而是真正的無話可說，所以只能選擇最擅長的沉默，和邊緣有著蕾絲的桌巾大眼瞪小眼。

「你以前的嗜好雖然也稱不上良好，但也沒這麼有危險性，到底是什麼時候變成這樣的，姊姊我真是擔心……」

「彼此彼此吧，明明妳也是接觸音樂的人，為什麼無法理解那些資料有多麼珍貴？」

「我確實也對以前的音樂類型很感興趣，可是一旦惹麻煩上身就什麼也沒了，別說繼續吹薩克斯風，就連音樂都無法聽了。你也是高中生了，事情的輕重緩急總該分得清楚吧。」

唯羽冷淡地說。

這時候可麗餅正好上桌，稍微沖淡了緊繃的氣氛。

唯羽一看見堆滿水果和冰淇淋的可麗餅，立刻雙眼發光，發出「呼喔喔」的詭異讚嘆聲。她小心翼翼地用叉子切下一小塊，邊咬邊捧著臉頰露出燦爛的笑容。

只要有好東西吃心情就會變好。這傢伙其實也挺單純的。

「對了，昨晚聽隔壁農耕隊的鄰居在討論，好像又要將耕地界線往內陸移動了。根據估計海岸線會在年底上升三公尺。鹽化土壤的範圍如果繼續擴大下去感覺很麻煩啊，今年的糧食原本就歉收了。」

「嗯，這樣啊。」

我忍不住鬆了一口氣。暗忖還是這樣的對應比較輕鬆。我只要在斷句的時候簡短發個音節回應，偶爾聽見疑問句的時候講一些無關緊要的回答就行了。

「據說好像計畫要擴建生活區。和以往不同，這次要直接在未開發等級的內陸開闢一個新居住區，如果成功的話就會將大幅度舒緩糧食壓力。悠，你有聽愛倫姊還是伯母說過這方面的消息嗎？」

「沒有。」我聳肩。「再說她們又不是環境科的人，沒道理會知道這種消息吧。」

「但也是高層的管理階級啊，總會聽見一些小道消息吧。譬如說中餐時間和其他科聊天的時候。」

「愛倫姊姑且不論，母親就算是中餐時間也只會窩在研究室繼續工作。」

「嗯，也有道理。伯母的個性相當一絲不苟，還有一點點完美的潔癖——」

對話進行得相當順利。

儘管途中唯羽數次露出期望又無奈的脆弱眼神，欲言又止地將真正想說的話嚥回喉嚨，轉而說出無所謂的內容。我看得出這份不自然，但是沒有追問。

如果是相當棘手的問題，我即便追問下去也無能為力；如果是無關緊要的煩惱，那麼不提也罷。我這麼想。

離開可麗餅店後，走上數分鐘就到公車站牌了。我陪唯羽等了一陣子，有一搭沒一搭地聊天，等到她上了公車後才往自家公寓踱步前進。

我居住的建築物是位於第二生活區邊緣的一棟公寓大廈，天氣理想的話，甚至可以從窗戶遠遠瞥見通往舊首都的黃色封鎖線。若不是母親的工作需求，高層也不會核准如此接近禁入區域的居住許可權。話雖如此，母親一個月有三十天忙到無法回家，剩下的一天則是累到直接睡在研究室，完全辜負了高層核可居住權的好意。

筆直穿過晦暗的玄關和走廊，我打開客廳的窗戶通風。

在紫黑色的天空之下，隱約可見遠方都內高聳的建築物群。

高層一再聲明都內除了死亡與廢墟之外毫無可利用的物品，卻還是極力禁止無關民眾進入，表面上打著「維護民眾安全」、「避免不必要的危害」等響亮口號，私底下的理由大家卻都心知肚明——幾乎成為廢墟的首都是宗教組織以及黑市最適合發展的溫床，而高層人力嚴重不足，無法安排軍警全天候巡邏，只能聊勝於無地每隔數月挾帶大批軍力進去掃蕩。

我會如此清楚，是因為某些零件只有在黑市才能夠入手。有時候隨身聽或電腦壞掉，別無選擇的我也只能到那裡購買零件。

如果這件事情曝光，大概又得挨唯羽的一頓白眼了。

我搖搖頭，轉身走進廚房開始準備晚餐，同時想起昨天愛倫姊說過今天會來，不禁開始回想剩餘的配給分量。

✣

從小就認識而且以大姊姊自居的鄰居愛倫姊似乎和母親達成了某種協議，三不五時就會跑來家裡關心我的生活起居。

當我將鍋子裝滿水、同時將兩包快要過期的調理包放到流理台完成料理準備後，隨即坐在廚房發呆，打算等到愛倫姊抵達時再烹煮。不多時，玄關傳來開門聲。下一秒，身穿白長掛的愛倫姊昂首踏入室內。為了方便而剪的短髮沒有整理地到處亂翹，而自從進入職場後便久久沒有消退的黑眼圈也成為她第二個外貌特徵。

「上班辛苦了。」我出聲打招呼。

「喲……」

愛倫姊有氣無力地回應，搖搖晃晃地直接倒在沙發，好半晌才緩緩轉動視線問：「聽唯羽說，你今天又翹課了？」

「沒、沒有啦。」我立刻否認，暗自疑惑明明放學時間都在一起，她哪來的時間去向愛倫姊告密？

「我正打算煮晚餐，妳要什麼口味？」

「不用了，只是回來拿些參考資料順便泡杯咖啡，等等又得馬上回去加班。」

努力從沙發裡面爬出來的愛倫姊踉蹌走到廚房，從櫃子裡取出一包即溶咖啡，加到她專屬的保溫瓶裡，以凝視屍體的無神視線開始沖熱水。

「……妳要多保重注意身體，我看黑眼圈又加深了。」

「啊哈哈，我會的。雖然做實驗挺愉快的，不過這麼大的壓力實在有點吃不消。上頭一天到晚催我們拿出成果給他們看，還批評我們的進展太慢，最好一個月的實驗時間有辦法濃縮成一個禮拜啦，那群連時鐘也不會看的混帳老頭。」

「研究有進展嗎？」

「老樣子啦，煩死人的錯誤結果一堆，真正可以寫成報告的內容卻少之又少。」

愛倫姊歪斜地勾起嘴角，大口喝著咖啡之後又被燙得不停伸出舌頭呼氣散熱。感覺真的很燙的緣故，她的表情看起來稍微清醒了。

「聽起來很辛苦啊。」

「只要有能力抱怨，就表示現在並非最辛苦的時期。」

愛倫姊笑著說出耍帥的台詞，不過配上她那憔悴的表情實在沒多少說服力。

「說起來，你也還沒決定未來出路吧？要不要來我們科磨練一下？姊姊會罩你的。」

「多謝好意，不過我想自己可能不適合那種類型的工作。我的理想是輕輕鬆鬆地過生活。看妳每次都只能抽空回家一小段時間就得回去上班，母親也是忙到一年可能都見不上一次面就知道那個科別的累人程度了，請容許我婉拒。」

「如果你打算一直保持這種沒幹勁的狀態，總有一天會踢到鐵板的。」

愛倫姊無奈地嘆口氣，板起手指數開始數數。

「那麼你對其他的科別有興趣嗎？建築科、經濟科、醫療科、環境科、氣候科、AI科、能源科、農產科、加工科、水源科？」

「AI科……吧。」

「身為姊姊，可不建議你進去那種滿是廢物的垃圾窟。」

愛倫姊不悅地拉下臉，開始夾帶個人觀感的長篇抱怨。

「AI科的人每次開會都在那邊吵說要增加研究經費，真是有夠白目，難道他們不清楚哪個科的研究比較重要嗎？人工智能就算研發失敗了又不會死。反倒是我們這邊的預算超級吃緊，但是就連主任親自去向高層申請經費也被拒絕了，真不懂上面的那些人到底在想什麼，如果我們沒有研究出一個成果，說不定會賠上整個世──」

愛倫姊忽然噤聲，用驚懼參半的眼神望著我。

「妳辛苦了，不過請發揮成年人的風度去接受那些事情。」

我假裝沒有注意到愛倫姊不自然的停頓，逕自說下去。

「話說回來，為什麼妳認為人工智能的研究會失敗？就高層發布的消息看來，進展似乎挺順利的。」

愛倫姊明顯鬆了口氣，快速解釋說：

「AI科的人完全沒辦法理解他們的目標不可能達成，還一意孤行地鑽牛角尖。雖然說機器人是以人類為原型而開發的，不過也不行徹底仿照人類。他們卻連這個也不懂，一心一意要做出無限趨近於人類的複製品。據說他們還將製造出『能夠在特定情況流淚』的機器人這點作為關鍵突破大肆宣傳，真是令人無言。」

「那樣……有什麼問題嗎？我也覺得那種功能還挺有趣的。」

愛倫姊話鋒一轉，風馬牛不相及地問：「你有讀過關於舊時代的宗教觀嗎？」

「粗淺地知道一些。」

「有個概念就行了，我要講的重點也不是宗教。」

愛倫姊為了整理思緒而停頓片刻。

「神明以自己為雛型創造出人類，而舊文明時代的人類則是以自己為雛型創造出機器人。你不覺得這段話值得深思嗎？」

「但是機器人什麼的……完全不像人類啊，充其量只是一個附帶機械手臂的圓筒吧。」

「過去科技繁盛的程度遠超乎我們想像，甚至有讓人無法分辨真偽的擬真機器人，現在我們所做的事情只不過是試圖重現舊文明的九牛一毛罷了……雖然現在也有那種款式的機器人，不過尚在研究中，並未對外公開太多情報。你也是聽過就好了，別四處亂說。」

「所以那又代表什麼？」

「無論人類在晶片上寫入多少複雜的程式，都沒有意義。」

愛倫姊一句話就將AI科的研究目標全盤否定了。

如果在職場上發言也是如此毫不留情，會被其他科的人敵視也是理所當然的啊！

「若是遇到A情況就做出A’反應，若是遇到B情況就做出B’反應。將情況無限複雜化、直到能夠應付所有突發狀況就是AI的最終目標，可是無論設計多少模式，終究會出現系統無法反應的情況，到時候系統只剩下死機一條路，絕無例外。」

愛倫姊小幅度地搖晃保溫瓶，凝視著漩渦中心低聲呢喃。

「但是無法否認，人類偶爾也會這樣，常常被過往的印象侷限而走在一條相同的道路。光從這點來看，機器人倒是完美地反映了真實的人類……就像神明也會有缺點一樣，人類想要做出完美無缺的機器人可說是天方夜譚。」

「沒那麼誇張吧，如果真的做不出來，高層豈會一直傻傻地砸資金進去。」

「也不能說沒有進展，他們最近已經研發出外表八成擬似人類的成品了，不過最重要的感情機能還是沒有著落，所以才會抓著流淚那個連我也寫得出來的破爛功能廣為宣傳。啊，這是機密事項，可不准到處宣傳喔。」

「那樣麻煩妳自己嘴巴緊一點啦……」

愛倫姊總是這樣，毫無心機地向我洩漏重要情報。

「妳似乎對AI科的人很不滿啊，每次提到他們從來沒說過好話。」

「畢竟我當初可是想要成為AI科的研究人員，自然會瞧不慣他們這種半吊子的態度。」

「既然如此，為什麼會跑到毫不相干的科工作啊？」

「有很多原因才會變成現在這樣啦，你母親是最大的原因之一。不過仔細想想，人生就是由許多的巧合和意外組合而成的……抱歉抱歉，這對只是高中生的你來說太抽象了吧？」

「愛倫姊也不是可以暢談人生的年紀好嗎。」

明明只大了我七歲而已。

「七年可以累積多少經驗，之後你就會知道了。」

愛倫姊就像是看穿我內心似的這麼回答完，一邊伸懶腰一邊起身。

「好啦，閒聊和休息也差不多夠了。要是再不回去就會被主任敲暈然後塞進某部機器當作實驗老鼠了。」

「請不要在當事人前面將別人的母親講得好像是瘋狂科學家好嗎。」

「啊哈哈，抱歉抱歉。不過我並沒有在開玩笑喔。」愛倫姊煞有介事地豎起食指叮嚀說：「那麼晚餐記得吃，不可以挑食，太晚的話就不准跑到外面去亂晃了喔，然後早點睡，明天別再翹課了。」

「好好，愛倫姊妳才是別太常熬夜，黑眼圈已經濃到不能用眼影當作藉口敷衍的地步了。」

「咦？真的嗎？太久沒照鏡子了都沒發現。」

愛倫姊緊張地跑到浴室忙了好一陣子，半晌才垂頭喪氣地走出來。

「那麼這次我真的要走了，再見。下次的空班是三天後，我再看看有沒有時間過來。」

「嗯嗯，再見。」

一等到大門關起，我忽然覺得沒有食慾，直接搖搖晃晃地走回寢室。

好累，那種高深的理論探討根本不是腦袋能夠承擔的話題。

我將自己摔到床鋪，讓逐漸往下沉的錯覺減輕煩躁感。不曉得曾經在哪本書上看過，只要不斷地走動、持續地走動，就能夠降低負面情緒，因為大腦會產生「自己正在前進」的錯覺，所以繞圈子也好、漫無目的地前進也好，只要正在行走，就是在前進，就沒有問題。

不過我對此抱持懷疑的態度。

即便是舊時代的著作，也不代表所寫的內容百分之百正確。

「七年嗎……」

我望著伸向天花板的手背，輕聲唸著這個數字。

那時候的自己在做些什麼呢？依然渾渾噩噩地混日子嗎？或者說受到意想不到的刺激開始努力生活？不，這個不可能吧。最大的可能性就是那個時候已經迎來世界末日了，那樣也好，省得思考下去。

話說回來，如果七年後的世界尚未邁入終焉，那個時候的唯羽又會在哪裡、做著什麼樣的事情呢？

直到意識沉沉睡去之前，我都在思考這些毫無意義的事情。

✣

驟降的氣溫彷彿吸走了僅存的熱情。街道的行人都神色匆匆地低頭邁向目的地，沒人有閒情逸致向旁邊瞥上一眼。灰濛濛的天空嚼碎了大部分的陽光，殘存光點無力地在嚴寒的冬風中擺盪，最後落到地面，和垃圾一齊被長靴踩爛。

學校頂樓的欄杆旁。穿著大衣的我背對著欄杆坐下而唯羽拿著薩克斯風望向下方的校門。雙方都是一如以往的姿勢。

唯羽今天吹的似乎是新曲子，沒有聽過的印象，但是她卻能夠毫無遲疑地移動手指吹奏出正確的旋律，彷彿打從出生就知道這首曲子似的。話雖如此，我知道唯羽其實是個不折不扣的努力家。為了自己喜愛的事物，可以廢寢忘食地不斷練習、直到身體到達極限為止。

等到演奏結束，我自然而然地向她拋出一罐蘋果汁，而唯羽也順手接下。

「為什麼不是咖啡？」唯羽立刻抱怨。

「賣完了啦，再嫌就不要喝。」

「還是要咖啡才能提振精神啦，蘋果汁什麼的……」

唯羽嘀咕了幾句，倒還是乖乖地喝光罐內的甜膩液體，滿足地吐了口長氣後睨了我一眼。

「你今天也翹課啊。」

「嗯……」我不置可否。

「你還再弄那台電腦嗎？」

「嗯……」我不想對唯羽說謊，卻也不想乾脆承認，只好繼續不置可否地應了一聲。

「那麼做太危險了，究竟要我說幾次才會明白……你的固執個性真該改一改。雖然你如果去走專攻機械的科目，應該會成為類似天才的人吧。」

「類似天才是什麼意思啊？不清不楚的。」

我感到好笑地反問。

唯羽卻鼓起臉頰，不滿地說：「我在誇獎你耶！」

「那還真是謝謝。」

唯羽一臉認真地繼續話題。

「因為你很厲害啊，對於舊時期的文明又有興趣，如果認真鑽研肯定前途不可限量。」

「省省吧，那種彷彿老師在鼓勵學生的模糊說法。」我哂然說：「如果我真的如妳所說得那麼厲害，早就被高層延攬成為特聘的技師，為了世界努力復原舊文明的科技了，哪會翹課待在學校頂樓混時間。」

「至少在我認識的人之中，能夠獨立製作出舊文明儀器的人只有你一個。」

「那種東西只要有材料和教科書，任誰都做得出來啦。」我搧搧手反駁：「首先完成A動作，之後將B零件裝到C位置。就像是生產線一樣，毫無難度可言。」

「……但是機器人的技術也沒有順利從舊文明流傳下來。」

「誰說的，AI科可是高層最重視的一科，不僅補助支援每年居冠，復原進度也是最為顯著的一科。」

話雖如此，花費數百年也只研究出如何製造機器人的外殼，最關鍵的內在迴路依然半點進展都沒有。雖然聽說似乎有成功做出能夠進行日常對話的試驗機，如果不計較占據整層樓的體積，確實是一大進步。

不過比起其他科別，AI科的進度確實是遙遙領先。

以上這些都是從愛倫姊那邊聽來的。雖然我懷疑裡頭參雜了不少愛倫姊個人的主觀意見，但還是有一定的參考性。

「我可不信任那種東西。」唯羽吐了吐舌頭。「如果要我和一個沒有心靈的東西對話，那我寧願去和牆壁聊天，至少牆壁不會回話。」

「未免也太極端了。」

該不會是以前有過什麼不好的回憶吧？

「因為感覺很恐怖啊，要和一堆電線以及金屬片講話的感覺。」

「不不不，對方終究也是人好嗎，不是和機器說話而是和設計晶片的人說話，電線那些只是過渡工具而已。」

「一樣的意思啦！」

我可聽不懂哪邊是一樣的，想了想後說：

「不過我們的思考追根究柢也只是電子訊號的傳遞，和機械的運作沒兩樣。」

「差別可大了！你怎麼會認為自己和機器沒有不同呢？難不成在你的認知中，人們和機器人一樣嗎？」

「至少在思考的方面差不多吧？都是電子訊號啊。」

我重申了一次剛才的論點，唯羽卻無話可說地搖搖頭。

「總有一天你會瞭解我才是對的。等到你被機器人統治的時候再慢慢後悔吧，哼！」

「妳那是幾千年前就被寫到爛掉的科幻題材吧，機器人的智商會超越人類，最後反過來統治製造者。」我不禁笑出聲音來。會在這種奇怪的小地方認真也很有唯羽的風格。

唯羽意外地沒有生氣，反而露出淺淺的笑容。

「就當作是那樣吧……不過你永遠不會知道那層鐵皮之下的電線究竟在想些什麼，因為你認為人類和機器是一樣的，所以……嗯。」

根據長久以來的相處經驗，那段話應該是唯羽不服輸才隨便亂說的氣話。我聳聳肩，沒有太過在意，和往常一樣，將這段對話放在心底，任由其沉澱。

「走吧，去吃飯。」唯羽立刻換了一個話題說：「肚子餓了。」

我們討論著要不要直接去第二生活區唯一的家庭餐廳解決晚飯，但是唯羽最近似乎在忙某件事，零用錢所剩無幾，最後決定到我家煮火鍋，雖然名義上是火鍋，在大部分食物都需要配給的情況下，根本沒有多餘的選擇。要不是我平常總吃最便宜的調理包果腹，冰箱裡面剩下不少的食材，否則根本連一鍋湯都煮不出來。

「只有這種時候才會感謝你平常的極端偏食習慣。」

唯羽以熟練的刀工將高麗菜切碎，扔進鍋子裡。我心滿意足地靠近冒著熱氣的鍋子取暖，不禁感嘆果然火鍋是最適合長年寒冷的舊首都的料理。

「這下子直到下次領取食材之前，我家的冰箱又只剩下乾糧了。」

「我家的情況也差不多。反正等到下個月冰箱又會重新補滿了。」

「真羨慕妳的樂觀個性……」

唯羽不曉得想到什麼，忽然有感而發地直盯著我看。

「你其實和伯母很像耶，真不愧是母子。」

「才不像，況且妳一年是可以看到母親幾次。說真的，要不是客廳擺著小時候一起拍的某張相片，連我都快忘記她的長相了。」

不肯服輸的唯羽立刻扳起手指數說：「一樣很笨拙啊，不善表達，而且同樣喜歡用理智來思考事情的利弊得失，卻幾乎不管感情層面的後果。」

「……完全聽不懂妳在說什麼啦。」

「還有一點，很喜歡逃避不擅長面對的局面。」

我下意識偏開頭。

「才沒有那回事。」

唯羽發出一聲別有深意的長音，倒沒有窮追猛打，轉而用大湯匙開始撈鍋子裡的泡沫。話題就此結束。

等到我們吃完讓身體從內部暖起來的料理之後，已經八點多了。

「妳待到這麼晚才回去沒問題嗎？叔叔會擔心吧？」

「沒關係，早上出門的時候我已經跟爸爸說過了。晚上會到你家蹭飯。」

「……妳講得可真是光明正大。」

「雖然的確是該走了，也得趕末班車。那麼明天學校見，你可別再翹課了。」

「別擔心，出席時數我算得剛剛好。」

唯羽無可奈何地嘆了口氣，迅速撿起書包和大衣走向玄關。

不想移動的我坐在原位搖手送別，聽見玄關傳來門鎖緊扣聲響的瞬間，腦海毫無由來地再度浮現下午在學校頂樓的那段對話。那段關於機器人的對話。

✣

漫無目的生長的雜草掩蓋掉道路原本的邊線，佈滿藤蔓、苔癬、落葉以及無法被自然分解的諸多塑膠垃圾與建築物的殘骸，踏實腳步之前總不曉得這一次會踩到柏油路面還是泥土。很討厭那樣的感覺，每當需要離開第二生活區中心處的時候，我總會選擇廢棄鐵軌的路線。

鋪設著腐朽木板的鐵軌中間也有不少雜草，然而不曉得是什麼緣故，那些雜草都不高，莫約是小腿的高度。

再往前就是第二生活區的邊境，正好和舊首都是相反的方向。放眼望去盡是一片寒煙衰草的寂寥景色，某些廢墟區域甚至完全被灰褐色的沙土所覆蓋，只有屋頂的煙囪、十字架或高塔尖端微微露出來。

今日的目標是數間半埋沒在砂礫的鐵皮工廠。

工廠相當簡陋陳舊，內部凌亂堆滿著各式的器材與零件，地板則是泛著無法洗去的油汙光澤，不過姑且也是隸屬於高層的部門之一。在各處找到的大型機械設備只要無法順利發動就都會被搬運到此處，進行拆解、紀錄與復原的作業。

當我走近的時候，圍坐在大門木箱上抽菸的大叔們紛紛舉手招呼。我點頭回禮，向比較有交情、一名留滿絡腮鬍的粗壯大叔走去。

「宮本大叔，唯羽有來這邊嗎？」

「喔喔，悠，好一段沒見了。你這小子平時也不過來看看。」

除了唯羽之外，誰平時會沒事跑來這種偏僻的地方。

「你們差不多要想個方法把沙子清掉吧，否則把工廠淹掉看你們要去哪裡上班。」

我望著在工廠旁邊堆成一座緩坡的沙堆，提出忠告。

「別緊張，別緊張，沙子打從我爺爺的爺爺那代就開始堆積了，到今天還不是沒事。」

宮本大叔卻相當樂觀，揮揮大手完全不當一回事。

「況且沙子這種東西不知不覺間就會被風吹散。說不定明天起床，那座沙丘就會消失了。」

「……那個說法有科學根據嗎？而且按照這個邏輯，也有可能明天起床就發現工廠被埋在沙子底下了，不是嗎？」

「本來就盡是一些從沙子裡面挖出來的破銅爛鐵，被埋回去也是理所當然的事情吧。」宮本大叔對著我無法理解笑點在哪裡的這段話放聲大笑，好半晌才說：「對了，你來找唯羽妹妹是吧？因為工具運轉得不太順，所以麻煩她過來檢查一下。那丫頭正在裡面忙呢。」

唯羽從小就對這類型的機械有著非比尋常的敏感度。雖然對此缺乏興趣，不過只要告訴她機械的運作原理，很快地就能夠理解並且運用，不過我的印象還停留在一些日常的簡單器具，原來她已經到能夠修理大型機械的程度了。

明明平時都在練習薩克斯風，真不曉得她是從哪裡挪出學習相關知識的時間。

宮本大叔用力拍著我的肩膀。

「以後要是感到孤單的話就過來這裡吧！別擔心，大叔會教你喝酒的！」

宮本大叔人其實挺好的，唯一的缺點就是有時候會講些不知所云的話。

好不容易捱過一連串折磨心神的精神轟炸，我腳步蹣跚地踏入工廠內。極為寬敞的空間內依照地板貼著紅、藍色界線停放著數十台各式各樣被拆解到途中的大型機械設備。粗略瞥下來可以辨識的機械就有直升機、鑽孔機、農用牽引機與兩台壓路機，除此之外也有更多不曉得名稱與作用的零件放在地板。

淡淡的機油味混合了汗臭飄蕩在空氣中。

現在是休息時間，大叔們都跑到外面抽菸打混了，只有一個人影正在數公尺高的大型升降機爬上爬下。居然連安全繩索也沒綁，她不怕摔下來啊？我不禁捏了把冷汗。唯羽很快就注意到我，咦了一聲，熟練地踩著之間的金屬橫桿跳下升降機，正好落到我面前。

「悠？你怎麼會來這裡？真稀奇。」

大概為了活動方便，她只穿了無袖的坦克背心搭配熱褲，同時在腰間綁了一件外套。不過就我看來，那件外套已經變成專門用來擦掉油汗的抹布了。

「要不是來找妳，怎麼可能特地搭上三小時的車再走一個小時過來這邊。」我苦著臉說：「到妳家還要再搭上一班車吧。真虧妳有辦法每天這樣通勤，光是在車上的時間就無聊死了。」

唯羽一聽心情似乎更好了，微微踮起腳尖說：「習慣就好啦，據說這是舊文明學生的平均通勤時間呢。」

「真的假的，妳確定那則文獻沒有記載錯誤……」

「對了對了，在這裡要戴這個喔。」

唯羽隨手抓起一頂放在桌面的安全帽往我頭頂壓下去。

「不用了吧，我只是拿個東西給妳，很快就要走了。」

「不行，安全第一。」唯羽堅持將扣環壓緊，接著才滿意地問：「那麼要給我的東西是什麼？」

我左顧右盼確認過沒有人注意這邊之後才遞出愛倫姊昨天給我的紙袋。

「回家之後再打開。」
唯羽「嗯」了一聲，立刻撕開包裝紙。
「妳有沒有在聽別人說話啦！不是叫妳回家之後再拆嗎！」
「你老是這麼死腦筋。沒關係啦，因為裡面禁菸，休息時間根本不會有人進來，況且看到禮物卻不拆，世界上不可能存在這種人啦」
好奇心過剩的傢伙真是麻煩。
「──唯羽妹妹，剛才忘記提醒妳了。放在角落的那些瓶子是高腐蝕性的清洗劑，不要亂動喔。」
這不是立刻有人進來了嗎！我反射性一把將唯羽手中的袋子搶過來，不料她反應激烈地抱緊袋子。
「給我的話就是我的東西了！」
為什麼要在這種時候聲明主權啦！我只是要先藏起來而已，並沒有搶回來的打算啊。
「你們倆在幹嘛？手拉手的？」
站在門邊的宮本大叔一臉狐疑地來回打量我和唯羽。
「沒什麼啦，只是稍微練習一下校慶的話劇表演。大叔你要抽空來看喔。」
情急之下，這句話便脫口而出。
「喔，如果那天放假的話當然很樂意……順便問一下，你們是表演哪齣戲劇？」宮本大叔頗感興趣地接續話題。

「呃……」糗了，我根本不懂戲劇的事情啊。舊時代有哪齣戲很有名的？

「——羅密歐與茱麗葉喔。」唯羽瞥了我一眼，冷靜接話。

「喔喔，愛情戲碼啊，真是令人期待。」

宮本大叔又追問幾句，笑著離開了。見狀，我脫力地垮下肩膀。

「悠，原來我們班的校慶活動是演戲啊。你演哪個角色？羅密歐？」

「我很感謝妳幫忙解圍，所以就別諷刺了。」

唯羽淺淺一笑。

「想說難得配合你一下嘛，所以說，裡面放的到底是什麼？」

「巧克力啦。」剛講完，我立刻捂住打算發出歡呼的唯羽的嘴，壓低音量說：「這是愛倫姊利用職務才好不容易買到的奢侈品，不要大聲吵鬧啦！要是害愛倫姊惹上麻煩就慘了。」

「呀呼！好久沒吃到甜食了！」

壓根沒在聽的唯羽扒開我的手掌，露出期待萬分的表情。

「我們等會兒找個隱密的地方一起分掉吧。」

「……妳真的有理解我的話嗎？」

「我大概還要一個小時才能夠找出這個大傢伙究竟是哪個部位的零件壞了，在那之前，你隨便找點事打發時間吧。」

結果我還是拗不過唯羽的堅持，蹲在角落等她完成工作。

不久後，我看著唯羽有條有理地向大叔們解釋大型升降機的操作以及問題所在，忽然覺得她變成一個自己不認識的陌生人。雖然知道她偶爾會跑來這裡，卻似乎從來沒問過她來這裡做什麼？

當唯羽解說完畢，休息時間也差不多結束了。我們倆和大叔們打完招呼，繞到附近的沙坡地並肩而坐。

「妳剛才究竟在忙什麼？修理大型機械的打工嗎？」

唯羽大笑：「怎麼可能，我又不是你。」

不不不，我壓根不會修理重機好嗎。

「只是物理課的一些理論實踐啦。你也知道吧，我是那種如果不親眼見識就無法理解的類型，光靠課本寫的理論只懂個一半左右，最後想了很久，忽然啪地一聲。」唯羽將雙掌拍了一下，笑著說：「只要來這裡拜託大叔們讓我看實體不就行了嗎？」

「妳的思考邏輯真是嶄新啊，而且還有令人敬佩的行動力……」

「哎呀，真是太感謝了。這下子我物理的期末考試有救了。」

「反正妳早就拿到保送名額了，根本不必在意成績吧。也真虧大叔們同意讓妳亂搞，那些機械都是舊時代留下的文明遺產，遭到人為毀損會被判刑吧。」

「一開始只是單純地讓我參觀，不過到後來就讓我自由去碰了。畢竟大叔他們通通是靠經驗在操控，完全不懂原理，雖然平時不會出問題，一旦出現之前都沒發生過的狀況就束手無策了。」

唯羽得意地挺起胸口。

「這種時候就要派出美少女高中生，也就是本小姐上場了！」

「喔，好厲害好厲害。」

我象徵性地鼓掌了幾聲。

「居然用那種瞧不起人的語氣……可惡，我要吃一堆甜食發洩！」

不，我們全部只有一塊巧克力片而已。

安撫了一下唯羽，我將巧克力連同包裝紙折成兩半，向前遞出一片。

唯羽珍惜地咬了一小口，接著滿足地捧著臉頰，相當誇張地深深嘆息。

「以前曾經在課本看過臉頰快要溶化的形容詞，我想現在可以理解這句話的意思了。」

「妳太誇張了。」

我咬了下一小角，略帶苦澀的甜味擴散到舌頭末端。真不愧是奢侈品。聽說以前的人們能夠輕易地買到巧克力，現在想來還是很難以置信。

不知為何盯著我看的唯羽的笑容迅速滑落，轉而換上一副喜怒不明的表情，前傾身子，一邊湊近一邊問：

「好吃嗎？」

「……好吃啊。」

還有妳的臉太近了。

「那麼為什麼你沒有笑？」

「啥？」我花了一段時間才理解她的意思，皺眉說：「又沒人規定覺得好吃就一定要笑。」

唯羽張口貌似想要反駁，卻頓了頓，說出截然不同的奇怪疑問。

「老是自己一個人獨處，不和其他人往來，就算交談也只是表面上、形式上的應對，完全不會有出自真心的言語。在你所認知的標準答案中，挑選出一個能讓最大多數人滿意的回答，接著按照守則地採取行動。你覺得這樣的做法正確嗎？」

「如此一來事情就能夠解決，不是皆大歡喜嗎？」

「當然會解決啊！因為你講的是太過正確的答案，無論誰都無法反駁。就像是哲學性質的問題與答案，早就已經出現固定的對話模式……況且你連下一手也準備好了吧。若是對方試圖反駁，你也會再度提出更加嚴厲的論點駁倒對方。」

「我不否認自己的深思熟慮，但是那樣如何？」

「就算談判決裂，你也不會有任何情緒波動，因為對你而言那些都是無關緊要的事情。」

唯羽的說話速度逐漸加快。

「你將自己放在事物的中心，提高自身然後看低週遭，澈底拒絕接觸自己以外的事物……或許我現在死在你面前，你連眼睛也不會眨一下。」

「……我聽不懂妳到底想表達什麼。」我緩慢地站起身子，一邊拍去褲子的塵土一邊走向廢棄鐵軌說：「妳今天不太正常，我建議妳最好喝點熱飲然後早點睡覺。配一錠精神安定的藥丸也不錯。」

「——別想逃避。」

唯羽的囁嚅明明隨時會被遠處的風聲蓋過，卻一字不漏地傳入我的耳朵。可是如果在這時停下了、屈服了，我有預感至今小心翼翼保護的某些物品將會被破壞殆盡，所以沒有停下腳步。

「就叫你站住了，聽不懂嗎！」唯羽執執地拉住我的手腕，傳來挾帶汗水的溫熱。我無可奈何地停下，卻沒有轉頭和她對視。

「妳想說什麼……就清楚乾脆地說出來……」

唯羽面無表情地說：「雖然這樣不會感受到太過強烈的負面情緒，但是反過來說，覺得喜悅高興的時候也無法真正得去體會啊！」

「我就是喜歡這樣過活。妳有什麼意見嗎？」

脫口而出的反駁帶著自己意想不到的怒意。唯羽一瞬間被震懾住了，但是隨即露出揉合悲傷的氣憤表情。這個時候，我想起自己從小就討厭她這種地方。

唯羽稍微停頓，唐突地問：

「如果情人節的時候從不認識的人手中收到巧克力，你會做何感想？」

「這什麼怪問題？就說謝謝啊。雖然實際層面不可能收到就是了，在情人節送巧克力什麼的只是舊時代傳下來的記載。」

「那麼如果從交情很好的女生手上收到呢？」

「還是說謝謝啊。不然呢？」

唯羽似乎對我的答案很不滿意，緊皺眉頭。

「你完全不懂……想法簡直和小孩子一樣不成熟……」

「唯羽，我現在相當確定妳累了，已經語無倫次了。還是早點回去休息吧。」

不料唯羽完全不理會我，逕自說下去。

「不對尚未肯定的事情抱持期待，以避免事後期待落空產生的失落感。但是你知道嗎？一直持續這麼壓抑自己的話，之後即使得到了想要的物品也不會感到高興。」

「……妳到底想講什麼啦？」

「簡單來說，就是你是笨蛋這件事情啦。」

唯羽不給我發火的時間，繼續嗔罵。

「你又不是機器，為什麼要這樣壓抑自己？高興的時候就笑，不愉快的時候就生氣，不是很簡單的事情嗎？」

現在的話題跟機器沒有關係吧？因為過於紊亂的話題連發怒的情緒也沒了，我皺眉確認：

「所以按照妳的說法……我現在該兇妳一頓嗎？」

「就叫你不要用這種冷靜的態度說話了！為什麼就是聽不懂呢！」唯羽大聲說完，跺了下腳然後頭也不回地轉身走人。

錯愕望著她的背影漸去漸遠，被留在原地的我反覆思考剛才的對話，卻遲遲無法理解為什麼會變成這種結果，也不明白她生氣的理由。自己剛才的反應明明一如往常啊。想法像是被困在迷宮深處，一直繞圈子打轉卻得不出能夠說服自己的答案，

真的很討厭。

但是我也只能選擇放棄思考。因為不會有答案。

隔天在教室見到唯羽的時候，她卻心平氣和地向我打招呼。

雖然感到意外，不過這樣的結果正合我意。我也就表現出一如往常的態度。

最近我越來越弄不懂唯羽心中的想法了……話雖如此，我也不會主動向她詢問。昨晚想了一整夜，自己這種個性大概是令她發火的主因吧？

但是接下來我便發現自己錯了，錯得相當離譜。一整天下來，唯羽的行為和順到令我脊背發涼的地步，不僅好聲好氣地找我聊天、甚至不時親暱地碰碰肩膀或勾著我的手臂。

她絕對還沒氣消。會強忍怒火肯定是因為有其他目的。可是無論我絞盡腦汁也想不出她在打什麼主意。

✣

直到放學時間，我的旁敲側擊完全無效。看來只剩下低頭認錯一條路可走了……雖然在她的「那個目的」達成之前，就算道歉大概也只會被敷衍過去。

我和唯羽並肩走向校門，正天人交戰地斟酌道歉的時機。眼角忽然瞥見頂樓站著一個人影。

看來那傢伙是偷懶的新手啊，站那麼邊緣很容易被看見，若是老師忽然決定要殺雞儆猴的話就倒大楣了，話又說回來……那個人影似乎相當眼熟？

某種既視感湧上心頭，伴隨著夜空以及濕潤海風的景象。

我過了一會兒才意識到那個人影和廢棄大樓的那名少女很像。雖然只看過背影，而且此刻那個身影穿著制服，不過……應該是同一個人。直覺告訴著自己就是同一個人。

原來那名少女是同一所學校的學生。我有些意外，但是仔細想想，實際上自己的到校時間不是睡覺就是翹課到頂樓發呆。不如說，連班上同學的名字都尚未記全的我不認識其他學生也是理所當然的事情。

不過就算在學校還是依然仰望著天空，到底有什麼東西令她如此著迷？她眼中的天空和我所看見的不同嗎？

忽然間有個純白的物品從頂樓飄然落下，斜斜地掉在樹蔭。而身旁的唯羽正望著遠處練習田徑的同學，大力揮舞手臂打招呼沒有注意到。

抱著連自己也尚未釐清的念頭，我加快腳步，迅速彎腰撿起那個匆然一瞥之下應該是信件一類的物品，然後塞入口袋。

「──悠？」唯羽疑惑地問：「怎麼了嗎？」

「……沒什麼。」

我露出微笑。大概這次運氣較好，居然沒被唯羽識破假笑，她嘟噥了幾句，便繼續講關於薩克斯風的話題。

唯羽今天還是要繞去工廠一趟，大概又被大叔們要求修理重機了。我們倆在校門分手。等到唯羽離開視線範圍之後，我下意識轉回學校頂樓。這個角度看不見那名少女，但是我有預感，她依然站在相同的位置、以相同的姿勢望著天空。

我從口袋拿出信件。封口處沒有使用膠水，而是用特殊的摺法將開口密封。我小心別撕破紙張地攤開信件。

那名少女將這封信扔下的嗎？故意這麼做還是不小心的？

憑著一股連自己也不清楚的念頭，我打開了那封信。

苦澀的唾液忽然湧上喉嚨，筆跡清秀地在純白的信紙留下碳粉的痕跡。映入眼簾的內容卻讓我很想偏開視線。

偌大空白的信紙當中只在角落寫了三行潦草的筆跡──「我想死。我不想死。救我」。

我抬頭望向那名少女，而那名少女依然抬頭仰望著更高更遠的場所。

Chapter 2:
Hero is Gone

距離撿到那封信已經經過一個星期的時間了。

這段時間過得風平浪靜，要說原因的話，大概是因為我沒有去和那名少女搭話吧。

如果試著去接觸那名少女，或許會發生某些超乎常軌的事情——被捲入她的世界當中，感受到和以往截然不同的生活經驗，當然那封信也有可能只是小小的誤會，隨手亂寫的文章或是某種惡作劇，甚至可能和那名少女毫無關係。

澄清誤會後可能什麼也不會發生，但是不管怎麼說，總會帶給目前平凡到無味的現實帶來些許變化。

因此我沒有那麼做。

主動去詢問那女孩為什麼要寫那種信之類的，光是想像就覺得疲倦。

下課鐘響之後，唯羽反坐在前面的椅子，雙手撐著臉頰說：「總感覺你最近下課常常恍神耶，發生什麼事情了？」

「妳的錯覺啦。」

「才不是！」唯羽用力拍了下桌子。

「……別在教室大聲喧嚷啦。精神不安定喔。」我難受地閉上眼睛，低聲說：「在別人耳朵旁邊大叫這種事情也別再做第二次了。」

發覺同學的視線集中到自己身上，唯羽有些尷尬地用手指捲著馬尾末端。

「吶，我說啊……」

唯羽假裝心不在焉地開口，不過她的演技實在有待加強。從以前到現在，只要她有想隱瞞的事情我都會立刻察覺，但是反之亦然，我也幾乎沒有事情瞞得過唯羽。

現在沒心情陪她演戲，我直接詢問：「什麼事？」

「你很在意一週前站在頂樓上的那個女生對吧？既然如此，為什麼不去問清楚呢？」

唯羽前傾身子，直奔重點地詢問。

「順帶問一下，那封信寫了什麼？」

這次我真的嚇到了。

心臟一瞬間直線墜落。

「為、為什麼妳會知道？妳偷翻我的書包嗎？」

「少胡扯了，我才不會幹那種事。你認為只有自己注意到飄落的信封嗎，我可是待在你身邊兩步遠而已耶，又不是瞎子，沒發現才奇怪吧。」

唯羽不屑地撇嘴。

「專注於一件事情的時候往往看不見旁邊的其他事，這個就是你的缺點。」

「但是比起妳彆腳的演技，我認為這個並不是什麼大問題耶。」

「啥？」

「感謝妳的提醒，我會找時間改正。」我立刻恢復成平時的表情，笑著回答。

「所以我不是叫你別這樣了！」唯羽的怒火卻莫名其妙更加高漲，蹙眉低聲說：「就算自己感到不快，也只會壓抑下那股情緒，故作平靜地表現出沒事的模樣，然後繼續迎合周圍的氣氛。遇到麻煩的事情、不順心的事情，你就會選擇逃避，等到時間一久，彼此都不在意的時候，事情自然就解決了。你是這麼想的吧。」

「……很抱歉，我至今仍舊無法理解妳究竟想表達什麼。」

「我也知道你在國小的時候暗戀班長。」

「為什麼妳會知道啊！不、不對，等等，現在我們討論的應該不是這種問題吧？」

唯羽不甚在意地說下去。

「我還在猜你何時會去告白，結果一拖就拖到畢業典禮了。當某些男生鼓起勇氣去向喜歡的女孩子傳達感情時，你卻一個人默默地在教室望著窗戶發呆，連我都覺得心酸了，難道你自己不會後悔嗎？」

居然連細節都一清二楚，到底是哪個傢伙告訴妳的？我強忍住害臊情緒，沒好氣地說：

「反正畢業之後聯絡也斷了，就算告白成功也無法維持感情，不如說，我反而無法理解為什麼那些人會挑那種時機點告白。」

「……這樣說並不對。」

「況且大家的初戀都是這樣吧。只是將淡淡的感情錯認為成愛戀，想像出只存在於腦海的劇情，擅自催眠自己為了愛而愛。」

「明明沒有經驗，真虧你還可以將大家一起拉下水當成藉口。」

唯羽冷哼了聲，環起手臂。

「那麼國中時你喜歡的那個長髮學姊的事又該怎麼說？就是經常將袖子捲起來、在球場一個人練習投籃那位。按照你的邏輯，她就不是初戀了。為什麼你那一次也沒有告白？」

「啊啊啊！夠了！不要繼續這個話題了！」我終於忍不住提高音量，不悅地說：「我們一開始的話題不是這個吧！妳想說什麼就直說，不要這樣拐彎抹角的。」

唯羽一時氣結。她握緊拳頭又鬆開，就這樣重複了四、五次才以極度壓抑的聲音開口：「你從來沒有主動向我提起關於你自己的事情。每次每次都要我詢問，你才會用無所謂的語氣告訴我。」

「因為那些根本沒什麼好提的啊，盡是一些無聊的小事。」

「就算是小事也沒關係啊！為什麼你就是不懂呢？」

唯羽彷彿剛跑完百米似的大口喘著氣。

那雙總是自信滿滿的銳利眼神此刻正狠狠瞪著我。

「你會聽搖滾樂也是為了打發時間，如果有其他輕易攜帶而且不惹人注意的休閒活動，肯定會忙不迭地跑去買下全套用具吧。」

「……別講得一副妳什麼都知道的樣子。」我低聲反駁：「才不是因為那麼膚淺的理由。」

「那麼你告訴我搖滾樂和其他音樂的差別在哪裡，搖滾樂的特點和特色又是什麼。」

沒想到我小聲的嘀咕也被唯羽聽見了。她揚起眉毛，叉腰說：「證明給我看啊，你是真心熱愛音樂的。」

「……不要，蠢斃了。」

我偏開視線。

「仔細想想，為什麼我非得向妳證明這種事情不可？妳根本沒立場質疑我任何問題。」

「你才是不要掙扎了。」

唯羽理直氣壯地挺起胸口，用手指戳著我的肩膀。

「就算學期已經過了一半，你還是不知道我們班班長的名字對吧！」

「少胡說了，那種程度的事情我還是知道啦！所以妳到底要說什麼啦！」

「……算了，會在這種事情賭氣是我自己笨。」唯羽忽然像是全身力氣都流失殆盡似的坐回位置，搖頭說：「應該說你還記得我的名字，光是這點就該感謝上天了。」

話題導向這部分的話我根本沒有勝算，因為我壓根認為那種事情無關緊要，自然也不曉得班長的名字，僵持下去絕對吵不贏唯羽的，只能繼續和她大眼瞪小眼。

「人生就是由許許多多的小事所堆積起來的。沒有何者更加重要，而是全部都不可抹滅地重要無比……如果你到現在還無法理解這點，之後或許會出現無法挽回的結果，到時候你才後悔就來不及了。」

唯羽斷斷續續地說完，露出彷彿隨時會崩解的透明表情，不發一語地望著我。

她究竟是在氣我剛才敷衍的態度，還是在對於我的個性感到不滿。

我完全搞不懂。

而且憑什麼我要被一個相同年紀的女生教訓人生的態度？唯羽不也是沉迷於自己的興趣，整天練習歌曲，升上二年級之後的成績甚至比常翹課的我還差。

難不成她因為追逐自己的夢想所以比較偉大，而我僅僅只是無所事事地浪費時間，就該被責備嗎？別開玩笑了，這兩者到最後的結果都一樣啊！除非唯羽厲害到一畢業就立刻實現夢想，否則她終究和我是相同水平的普通人。

一想到此，堆積在胸口那股鬱悶的情緒忽然煙消雲散，我轉而被無止盡的疲憊感包圍。

她什麼都不知道。

她假裝什麼都沒看到。

無論是世界末日的事情或者多麼努力也是徒勞的事情，即使費盡千辛萬苦、好不容易觸摸到夢想的邊緣也只會得到無情現實的訕笑。

「……我忽然身體不舒服，要回去了。」

我這麼說。

唯羽並沒有阻止我。即使她早就看穿這是我的拙劣謊言也沒有阻止，所以我抓起書包，重重地摔好椅子離開教室。這個時候，我才注意到同學們的視線仍舊集中在我們兩人身上。

我加快腳步，最後幾乎變成小跑步衝下樓梯、跑過走廊並且踏出校門，但是途中強迫自己冷靜下來思考唯羽的話，確實也有不少說中的地方。

畢竟是認識多年的青梅竹馬，彼此的缺點也心知肚明。

最近總是和唯羽吵架，為什會這樣？我明明只想和她好好相處。

至少唯羽有一點說得極為正確——我遇到麻煩事就想要逃避，但是承認那點彷彿就輸了，

所以我將脖子壓低到極限，快步走在冷清寂寥的街道，同時將隨身聽的音量調到最大，讓震耳

欲聾的嘶啞歌聲沖散盤旋在內心的那股焦躁。

主唱以開朗清爽的音調謳歌著青春。鼓譟熱浪的蟬聲、堆疊於遠處山頂的積雨雲以及滴落在柏油路面上隨即蒸散的冰棒的水，都是我從來不曾親眼見過的畫面。在舊首都只有永遠呈現灰色的天空與不停吸走皮膚溫度的寒風，如果朝向南方，一直走、一直走下去的話應該可以到達那個溫暖的地方吧？

但是凍僵的手指將現實拉回身旁，包裹住全身肌膚，提醒我依然身在寒冷的舊首都都內。我忍不住想：沒有見過的事物究竟要如何才能夠得到正確的認知？靠音樂？靠文字？還是依靠即使面對面訴說仍然無法表達出真正情緒的言語？既然如此，我和唯羽豈不是一生都無法互相理解嗎？

在街上漫無目的地遊蕩到天色轉黑。最後我還是回到被層層無人居住的大樓所包圍的狹窄公寓，在沒有開燈的房間內望著倒映在牆上的月光、壁紙的污漬還有自己的黑影，最後在不知不覺間陷入沉睡。

那晚我似乎做了一個相當悲傷的夢。但是我無法想起夢的內容。

✣

今天是唯羽要舉行演奏的日子。

升上三年級之後就必須專心準備考試，就算她願意犧牲學習時間去比賽，也會因為不符合報名資格而喪失參賽權利，遑論申請演奏場地的許可，換句話說，今天就是她高中生涯中能夠在公開場合演奏的最後機會了。

躺在床鋪的我睜開眼睛。

——今天必須去看唯羽的表演。這個念頭浮現腦海，使得睡意頓時消失無蹤。

我按掉尚未響起的鬧鐘，踱步走到浴室的時候看見鏡子照出一張頭髮翹得亂七八糟的臉。整體而言實在無法稱為良好，簡直和愛倫姊差不多。

距離在教室那場大吵已經過去三天了，這段時間我和唯羽之間澈底斷了聯絡。因為前兩天我翹課跑到唱片行聽了一整天的音樂，而昨天為了出席日數不得不回到教室睡覺……雖然我早就知道唯羽在表演的前一天是不會來學校的。

正如計畫，三天我連唯羽的臉都沒看見，如此一來也不會產生任何尷尬的氣氛。

換上素色襯衫以及牛仔褲，我在鏡子前稍微整理了一下頭髮就權當結束了。

「我出門了。」

給出回答的是大門關起的卡鎖聲。

大概是周休假日的緣故，街道的人潮比平時多上數倍。

沒想到小小的第二生活區居然有這麼多居民。現在的人口已經縮減至舊時代的數千分之一了，那麼以前的人們到底是如何在如此擁擠和吵雜的情況下生活的？

我拉緊圍巾，讓臉頰埋在有些扎人的溫暖毛線當中，加快腳步。

我和唯羽也曾經吵過架，而且還是無聊到令人想笑的原因。在國一的時候曾經因為校外教學的分組而大吵一架，唯羽堅持要找某個我不喜歡的女同學同組，雙方僵持之後不歡而散。冷戰的那幾天我們一看見對方就會立刻轉身離開，也留下了最差勁的校外教學回憶，最後卻忘記是誰先找對方說話，在不知不覺間和解了。

唯羽舉辦表演的場所是中央公園。

普通學生如果要在公眾場合進行表演，必須填寫數十份表格以及經過一堆麻煩的審核程序，最後申請成功的機率也才一半而已，但是唯羽不曉得使用了何種手段，申請的通過機率幾乎是百分之百，也沒聽她抱怨過手續很麻煩之類的。不過畢竟是高一就確定進入音樂大學的人物，或許有辦法獲得特殊待遇。

當我抵達的時候，現場已經聚集了不少民眾。大多是我們學校的學生。唯羽意外地很受到女生的歡迎，尤其在學妹當中更是長年高居憧憬學姊排行榜的第一名，現場甚至有看到有小團體拿著自製的加油旗幟和標語。

我挑了一個不顯眼的角落待著，站在樹蔭下。

不遠處頂端掛著時鐘的裝置藝術顯示距離表演開始還有一小時。

觀眾依然以一定速度持續增加。

這座城鎮的藝術表演少得可憐，學校當中音樂性質社團的數量也幾乎為零，畢竟想要學習也幾乎找不到有資格教授的人，只能從舊時代的書籍自行鑽研。更大的問題則是大多數的樂器都已經沒有工匠會製造了。

現代只剩下極少數的人有辦法以才藝為生，大多是在高層人物齊聚的重大場合進行現場伴奏。這麼一想，唯羽能夠在高一就得到音樂保送名額，真的很厲害，雖然和她一開始的計畫截然不同就是了。

唯羽當初想要學的樂器其實是吉他。

國小的時候，我陪她跑遍第二居住區的所有商店，甚至搭車到第三居住區卻都找不到有在販賣吉他的店家，最後只能折衷，買下店裡唯一附帶樂譜的樂器回家，即是她現在那把薩克斯風。

舊時代據說有專供表演用的大型建築物，甚至會以表演的種類不同分門別類，不難想像當時藝術表演風氣的興盛程度。

如果有個場地能夠讓學生組的樂團自由地上台表演，而觀眾在震耳欲聾的環繞音響以及刺目的燈光效果之下，隨著節奏一起哼唱肯定是相當美好的事情吧。

周遭的掌聲提醒著開演的時間到了。這個時候，我才發現觀眾已經圍成好幾圈的人牆，只好沿著弧度繞了個圈，最後走到一個不會被擋到的位置。

與之同時，唯羽抬頭挺胸地走上舞台。

唯羽威風凜凜地獨自站在舞台中央，露出自信且爽朗的笑容環顧觀眾。這種隨時能夠大方面對他人的特質讓我深深著迷，因為自己肯定做不到。

她笑容滿面地說著開場白，不過內容我一個字都沒聽進去，但是從旁人又笑又鼓掌的反應來看應該講得不錯，緊接著，她吹奏出薩克斯風的第一個音符。

音色透明、澄淨且極富震懾力。

彷彿將唯羽的特質表現地淋漓盡致。

她的努力、堅持與希望通通透過薩克斯風的音管向外傳遞。我腦中鮮明地浮現出每天傍晚都會在頂樓練習的身影，當下忽然理解到這個就是唯羽的「夢想」。雖然我早就知道了，但是在現在這一刻才真正地理解那個名詞所代表的意義，同時也意識到她和自己之間的差距之大，即使現在拼命奔跑也無法趕上。

結果唯羽究竟表演得如何我完全沒印象。只有周遭轟然的掌聲與安可聲告訴我這場演奏相當成功。

唯羽掛著燦爛的笑容拼命揮手，接著大概是看見我了，她忽然切換成平時看慣的表情，露出大大的笑容。周圍的目光頓時順著唯羽的視線掃向我的位置，使我下意識退縮，轉開視線，心裡卻浮現一絲絲的安心。

既然笑得那麼開心，大概已經沒在生氣了。

只要有某件事順利進行就很容易忘記之前的不愉快，這個也是她的優點。

為了避免唯羽大聲點名，我立刻離開中央公園。

就連這樣的目光交會也令我感到萬般難耐，自己大概已經沒救了，但是現在的我還沒準備好面對唯羽時的說詞與內容，與其見面的時候尷尬地支支吾吾，不如避而不見。

我開始思考接下來該去哪裡打發時間，隨即忽然想起今晚愛倫姊有可能會回來吃晚餐，這樣就必須盡早回去公寓，否則肯定少不了一頓碎念。

一想到此，我信步往第二生活區的邊界走去。

過了很久、很久以後，我才意識到當時的自己根本什麼都沒做，假裝有在持續前進卻只是停留在原地，用著諸多藉口自欺欺人，一味等待唯羽打破目前的處境。

這個正是當時的她想要傳達給我的其中一件事情。

輕而易舉就可以達成、瑣碎且簡單，然而卻是構成日常生活的重要事情。我卻沒有注意到。

✥

我在公寓對面小公園的涼椅發呆了一整天，直到天色全黑才起身回家。

難得的假日就這樣消失了，如果到唱片行努力一番說不定還能多找到幾首檔案沒有損毀的音樂。我嘆息地用鑰匙轉開門鎖，推門而入。

「我回來了。」

「——真晚。」

理所當然坐在沙發的唯羽用掌心撐著臉頰，不滿地說：「你那種有氣無力的聲音是怎麼回事，招呼語就必須說得簡潔有力才行，這可是我家奶奶的教誨。」

「為、為什麼妳會在家裡？」

我僵在玄關動彈不得。

「人家久違地主動來找你，第一句話就趕人啊。會不會太過份了。」

唯羽沒好氣地蹙眉。

「不，更實際點的問題，我想問為什麼妳有我家的鑰匙？還是說我忘了鎖門……但是我出門前都有確認過才是……」

「是我讓她進來的啦。」

看似剛洗完澡的愛倫姊從浴室走出來，用毛巾擦著頭髮。

「就是這樣，表演結束後我打算找個開慶功宴的地方犒賞自己，不過由於預算不夠，在商店街徘徊的時候正好遇到許久不見的愛倫姊，向她詢問解決辦法的時候就被領回家了。真是太感謝愛倫姊了。」

「愛倫姊，這裡不是妳家別隨便招待其他人啦！還有唯羽也別一副待在自己家的放鬆模樣！」

「適當地弄點豐盛的菜色就行了。」愛倫姊如是說。

「適當和豐盛放在同一個要求裡面會出現矛盾吧！」

儘管如此，在兩位女性青梅竹馬面前毫無發言權的我也沒力氣去追究她們的態度，垂頭喪氣地走進廚房張羅晚餐，話雖如此，大部分的食材都在上次的火鍋消耗殆盡，現在只是取出三人份的調理包隔水加熱而已。

數分鐘後，三人各自占據餐桌一角，面前擺著口味各異的調理食品。順帶一提，挑選口味的順序是猜拳決定的——如同我們小時候的結果。唯羽大勝、我居中，愛倫姊墊底。

「可惡，我還以為經過這些年的練習至少能夠拿到第二名的說……」

愛倫姊懊悔不已地望著自己的拳頭。我想改天有機會再告訴她最好先改改一緊張就出石頭的習慣吧。

唯羽適時地提起學校的話題，順利吸引了愛倫姊的注意力。

我不發一語地當聽眾，默默咬著調理包無法分辨種類的蔬菜切塊，不料她們講著講著，唯羽忽然將矛頭轉了過來。

「話說回來，悠，你實在太過分了！」

咦？要開始算吵架的帳了？

我縮了縮脖子。雖然應對的藉口都在小公園的涼椅想好了，事到臨頭還是不免會緊張，暗自思索唯羽應該會先從吵架的地方開始罵吧？

「剛才表演完，我們的視線對上了吧！我還向你揮手了，為什麼立刻轉身走人了？那樣令人很受傷耶。」

……啊，原來是這件事情喔。真是無關緊要。

我暗自鬆了口氣，聳肩說：「我沒看到。」

「少騙人了，明明從開演前一個小時左右就站在樹蔭下了。」

妳看到了啊！既然如此就過來打聲招呼啊！話雖如此，那麼早到卻連一絲絲去找唯羽的想法都沒有浮現的我似乎也沒資格這麼要求。

愛倫姊用力揉亂我的頭髮，半笑半怒地說：「就是因為你老是言不由衷，才會造成這種半吊子的情況。快點向唯羽妹妹道歉！」

「等等，直接算我錯嗎？愛倫姊根本不清楚前因後果吧。」

「沒錯沒錯，愛倫姊多罵幾句。」

「喂，唯羽妳……」

「和別人說話的時候不要東張西望！」

咦？依然對著我發火嗎？

愛倫姊該不會醉了吧？

但是家裡可沒有酒精飲料，我才不會浪費配給額度去領取那種難喝的東西。

在國中的時候曾經和唯羽偷偷在黑市買過一罐啤酒，但是辣得要命，完全不好喝。我們各喝一口就互相吐了吐舌頭，將那罐啤酒倒進水溝了。

「唯羽妹妹別理那種沒有情趣的呆子了，過來姊姊這邊吧，有外面買不到的特殊飲料喔。」

愛倫姊搖著手中的鐵酒瓶，接著打了一個小小的酒嗝。果然如此！話說別濫用工作職位買酒啦！

遲來地察覺到愛倫姊開始胡言亂語了，唯羽苦笑著擺手拒絕。

慶功宴就在愛倫姊喝醉然後輕微耍酒瘋之下倉促結束，好不容易讓莫名其妙放聲大哭起來的愛倫姊在沙發睡下，餐具也整理完畢，時針正好移動到九點的位置。

「感謝妳幫忙收拾……差不多該回去了吧，太晚的話沒有公車。」

「嗯，也是。」

唯羽開始在一片狼藉的客廳當中尋找自己的大衣。

看著她的背影，我不禁暗忖現在應該已經和好了，不由得感到一陣安心。

陪唯羽來到玄關，我正想叮嚀一句「沒有東西忘記吧」時，忽然感覺到有人接近背後。

「當然要送人家回家啊！別廢話，快點去！」

我尚未反應過來，背部就中了一腳，踉蹌跌出玄關。

「唯羽妹妹路上小心喔。」

雙頰泛紅的愛倫姊笑盈盈地關上大門。門鎖喀地鎖起。

「愛倫姊的性子還是和以前一樣，看到她都沒有變真是太好了……走吧。」

唯羽不置可否地邁出步伐，而我慢了半拍才跟上。

平時唯羽總會一直開新話題，我只需要象徵性地應答幾句即可，今天唯羽卻一語不發，然而要我主動開話題也是足以列入本人最不願意做的事情排行榜前三名的事情。

抱持著能撐一秒就多一秒的心態，我努力忍受著尷尬氣氛。

唯羽走在稍微前面的地方，雙手插在口袋。

結果直到抵達公車站牌，彼此連一句話都沒說。說不定創下最長時間沒交談的散步記錄了。

唯羽站在候車亭的長椅旁邊，不喜不怒地說：

「謝謝，送到這邊就行了。」

——當然，我也沒打算陪妳搭好幾個小時的公車送妳回家。用力壓下這句回答，我想了想，還是在鐵製長椅坐下。

「……我陪妳等到公車來吧。」

「喔？這麼難得？」

「再調侃我就自己等。」

「好啦好啦。」唯羽笑著坐在旁邊位置，心情似乎在瞬間就好轉到與吃到甜食相同的程度，歪頭說：「如果末班車過了就回你家睡吧。」

「……如果妳不介意愛倫姊糟糕睡相的話。」

「你在說什麼啊，當然是你去睡地板，我睡床啊。」

她其實還生氣吧？我不禁暗忖。

緊接著，街道彼端出現了兩盞鵝黃色車燈。我搖搖頭甩去唯羽在家裡借宿的想像，站起身子。

「比想像中快啊。那麼再見囉。」

「……真是不會看氣氛的公車耶。」

唯羽微微鼓著臉頰，在擦身而過的時候冷不防撞了我一下，肩膀抵住肩膀，有意識地停住身子。我們兩人的距離幾乎歸零。透過大衣的厚重布疋，我依然可以清楚感受到她的呼吸與心跳，不過在回神做出反應之前，唯羽就再度動作，兩個踏步衝上剛好停住的公車。

感覺唯羽似乎說了什麼的我反射性地摀住耳朵，但是除了自己的心跳之外什麼都聽不見。

我從車窗看著唯羽走到最後面的位置。她故意偏頭直盯著另一邊，用髮絲蓋住表情，就是不肯望向這邊。一頭霧水的我看著公車離開，肩膀卻仍舊感覺得到剛才的觸感。

街道頓時恢復該有的寧靜。宛如整座都市只剩下我一個人的恐怖寧靜。

許久之後，我拍好被她弄縐的外套，懷抱著奇妙情緒，轉身踏著間隔甚遠的路燈影子返回公寓。

✣

我躺在廢棄大樓的頂樓地板，半瞇著眼發呆。

視野灰濛濛的，如同過去數年來看到的舊首都天空。

據說更南方——靠近赤道的國家受到的影響較小，能夠看見一整片的藍天，光是想像就覺得那是相當震撼的壯麗景色。我不禁開始思考是否要將這件事情當成自己的夢想。

希望可以在世界末日之前到南方一次，之類的。

在我想這些著不著邊際的事情時，那名少女依舊站在隔壁大樓昂首仰望天空。

有時候她會伸出手臂，像是要觸碰到天空邊緣似的，踮起腳尖、伸長了手指，然後維持那個姿勢好幾分鐘，直到累了才搖搖晃晃地屈膝蹲下。儘管如此，她的視線依舊筆直地望著上方。

等到太陽移動了好一大圈，空腹感才提醒我該起身了。

我半坐起身子，咬著沒有味道的緊急乾糧。家裡的庫存似乎快吃完了，得找一天去領新的配給。這麼一想，配給證不曉得被扔到家裡哪個角落了……應該沒有被當作垃圾丟掉才是，大概在書架某處吧。

這時那名少女垮下肩膀，若有似無地嘆了口氣。

她收回仰望天空的視線，轉身離開。

——要跟上去看看嗎？

這個衝動忽然湧上心頭。並沒有特定意思，只不過這是我首次看見她打算離開頂樓。之後她會去哪裡？做什麼事情？我忍不住對此感到好奇。

想歸想，最後我還是連半步都沒有跨出去。

如果我是個富有行動力的人，早在學校撿到那封信的隔天就會去找她搭話了。

既然那個時候沒有去，現在當然也不會去。

我用手肘撐著欄杆，俯視著她的身影消失在隔壁大樓的頂樓，不久後在一樓出現。她不疾不徐地走在廢棄無人的街道，姿勢凜然、步伐俐落，不一會兒便消失無蹤，不過……在她即將離開我的視線範圍之前，好像轉頭朝我的位置瞥了一眼。

心理作用吧？我做出結論，同樣準備返回公寓。

回程途中，我忽然很想知道唯羽現在正在做什麼？雖然不外乎就是練習薩克斯風或到處閒逛，但是在弄懂她昨天動作所代表的意思之前，我下意識地不想見到她。雖然這個也只是翹課的其中一個藉口罷了。

返回公寓之後，我率先進到浴室沖澡，接著戴上耳機的我躺在床鋪，隨手翻閱愛倫姊從研究室帶回來的文件夾。內容不只有她那科的，也有綜合性的報告，頗有機密文件的感覺。

玄關忽然傳來高跟鞋敲打在地板的聲音。是愛倫姊。

唯羽討厭穿高跟鞋，而母親則是根本不回家，所以光聽腳步聲就可以知道來訪者了。我關掉隨身聽，走出房間。

「上班的空檔跑過來偷懶一下嗎？」

愛倫姊被嚇到似的「咦」了一聲。這個時候我才發現她穿著極為正式的深色套裝。實驗室不是只要穿白袍就行了？應該說，原來愛倫姊還有白袍和運動服以外的私人服裝喔。

「那套衣服不適合妳喔，感覺就像是被衣服穿著而不是穿著衣服。」我姑且發表了意見。

愛倫姊面有難色地凝滯不動，緩緩放下黑色的手提包，疑惑不解地問：「為什麼你在家裡？」

「翹課這點是我不對，但是翹課待在家裡也沒有什麼問題吧。這座城市可沒有太多適合打發時間的場所。」

「剛剛沒有看到你就覺得奇怪，原本以為你們事前就見過面了……所以，你沒有聽唯羽妹妹說過嗎？」

那個瞬間，我遲來地意識到事情不對勁。

聲帶似乎被緊緊掐住。某種極度負面的預感在心底滋長、肆意啃食溫度。

良久，我才強忍情緒地問：「聽說過……什麼事情？」

「她們家要搬去最新開發的第五生活區。」

彷彿加快速度就能夠減輕痛苦，愛倫姊垂下眼簾這麼說。

「高層在數週前頒布大批的調職令，半強迫地讓一些非重要科別的人員前往內陸開拓。名義上是升遷，不過被扔到一個連基礎建設都不完善的地方，根本是變相地裁員、好降低開銷與負擔，而唯羽妹妹和她的父親也在那份名單上面。」

雖然聽見了，然而卻無法進行理解。

我以自己都訝異的平靜嗓音問：「啟、啟程的時間是什麼時候？」

「下午兩點的車，現在大概早就越過第二生活區的邊境了。」

——就算現在去追也來不及了。

愛倫姊相當溫柔地沒有將這句話說出口。

怎麼辦？我現在該怎麼做？我該做什麼？我有能力做什麼？

吸入的冷空氣凝結成冰，墜落到沒有盡頭的胃，思考只剩下一片空白以及無數問號。

這算什麼……騙人的吧，為什麼如此重要的事情連提都沒提過一次？

愛倫姊似乎也不曉得該說些什麼，詞窮地保持靜默。

對啊，反正按照我的思考邏輯，這種事情就算提了也無能為力。

最初聽見的時候或許會感到震驚，等到情緒平緩的時候就會陪著唯羽一起煩惱，像是小時候想要建造祕密基地一樣，討論著不可能實現又太過荒誕無稽的計畫，最後退而求其次地屈服於現實。每個月的某一天找個地方聚一聚吧；彼此努力打工存錢，用來買昂貴的車票；要記得寫信。談到最後唯羽大概會哭出來，打破她沒在我面前哭過的紀錄。

可是這樣太奇怪了，不應該是這樣的。

我試著嚥下帶著鐵銹味的唾液，但是卻卡在喉嚨刺得發疼。

張開嘴巴也發不出聲音，只有無意義的唔噎聲回蕩在口腔之中。

——如果我沒自己向你提起的話，你就不會詢問關於我的事情對吧？
這個就是唯羽當時所指的意思嗎？
搬家這種事情絕對是從很早之前就開始計畫的，而唯羽一直對我隱瞞這個消息，只為了等我自己去問她嗎？但是平常的聊天怎麼可能會出現「妳最近是不是要搬家了？」這種對答。緊接著，我因為直到這種時候還在找藉口的自己感到萬分羞恥。
愛倫姊淡淡瞄了我一眼，旋即轉移目光，盯著桌角說：「我有她們搬家後的地址。如果你很在意的話，明天請假去看看吧，車錢我會想辦法搞定的。四點起來搭首班車的話，應該有辦法在一天之內來回。」
「謝謝。」
明明尚未釐清想法，嘴巴就搶先理智一步答應了。
「不過……不用明天去，下個週末再去……就行了，之後也行。半個月後或一個月後。畢竟搬家也很忙，立刻過去打擾也不好意思。」
「……如果你覺得那樣可以的話，就那樣吧。」
愛倫姊的眼神變得有些痛苦。但我無法想像她會露出那種眼神的理由，明明事前聽唯羽說起搬家的事情、剛才也好好地和唯羽道別過了，愛倫姊還有什麼不滿意的呢？
「不必勉強自己說些言不由衷的藉口，等到心情調適好之後再過去吧。」
我沒有接話，於是沉默從腳底開始蔓延，不一會兒便充滿整個房間。使人感到窒息。好一段時間，我和愛倫姊都沒有交談。

最後吐出口的聲音軟弱無力，彷彿隨時透明到消失在空氣中。

「──不，抱歉，還是下個周末就去吧。接下來還有考試什麼的，會變得很忙，至於車票就拜託愛倫姊了，妳憑著工作證件應該會有折扣吧。」

「是可以打八折沒錯……」

愛倫姊似乎還想多作確認，但我的表情應該很難看，導致愛倫姊將原先想說的話嚥回喉嚨，支吾片刻才沒頭沒尾地說：

「不過沒想到唯羽妹妹的個性也挺狠的，居然一聲不吭地就跑掉了……難不成是覺得道別很難為情嗎？不過她也不是那種個性。」

不是那樣的……

唯羽明明比任何人都要溫柔，同情心也多到泛濫的地步，只要看見他人有困難就不會吝惜幫助。

「妳也是唯羽的青梅竹馬吧，愛倫姊。」

不對，這才不是我想說的內容。

為什麼這種時候我還要糾結於這種旁枝末節的語病呢？有更多值得詢問的事情吧！

「說得也是。」

愛倫姊卻溫柔地順著這句話說下去。

「自從我開始工作，和唯羽妹妹見面的機會就減少很多了，現在仔細想想，最後有和唯羽妹妹開一場慶功宴真是太好了。」

雖然偶爾會在學校遠遠地瞥見，但是一個常常翹課的人和老是窩在頂樓練習樂器的人，若是其中一方沒有積極地去找另外一方，就會變成兩個沒有交集的圓點。

「話雖如此，會變成這種情況應該由你負責。」

現在的我並沒有對愛倫姊的指謫感到憤怒，只有少許的錯愕蓋過揮之不去的震驚。

「為什麼……愛倫姊老是站在唯羽那邊呢？」

「畢竟現在和唯羽妹妹處於同樣立場的人，很有可能是我啊。」

身心俱疲的我不想花心思去解開愛倫姊的啞謎，只是粗魯地應了聲，接著便走進寢室。

我有些打不定主意該再次思考這件事情，還是順從本能地倒在床鋪什麼也別管。當我再次回神的時候，就發現自己已經在棉被當中了。明明蓋著被子卻依然冷得牙關打顫，將臉埋在枕頭的我試圖抓住被子，發抖無力的手指卻連彎曲都做不到，我也就放棄拉被子了。反正冷久就會習慣了。

就這樣趴著度過精神時間的數小時，我依舊毫無睡意，只好起身離開床鋪，踱步到書架前用失去感覺的指尖取下國小時買的世界地圖，在地板攤開。地圖角落還留著退色的塗鴉痕跡。歪歪斜斜的童稚筆跡寫著無法辨識的內容。

那是唯羽寫的還是我寫的？現在已經想不起來了。

正中央的舊首都是我現在居住的城市，在城市外圍和沙漠之間的區域則是第二生活區，而第五生活區會在……哪邊呢？

無論我多少次確認地圖上的位置，也無法縮短我與唯羽的距離。

啊啊，好麻煩。為什麼事情會變成這樣？究竟是哪個環節錯了？我往後倒在地板，忽然想起很久以前看的某部舊電影。主角為了消除煩惱，於是就拿起電鑽朝著太陽穴鑽了下去，如果那麼做就能夠解脫的話，我還挺想嘗試的。

只可惜手邊沒有電鑽。

唯羽那句常常用來責備我的話語此時浮現腦海。

——不要凡事都往消極面思考，這是你的壞習慣。

但是現在的情況讓我只能往消極面思考啊！

難道我和唯羽的交情就只有這種程度嗎？連一句道別的言語都沒有，簡單地結束了。

眼眶很熱。身體無法遏止地顫抖著。

我伸手在臉頰一抹，才發現自己流淚了。

「可惡……被不告而別的感覺原來這麼差……」

這種心情到底是為了什麼才會出現的？

雖然兩地距離遙遠，但又不是永遠也見不到面了。況且只要花費高中生一個月左右的零用錢就能夠使用電纜通訊器一個小時和唯羽講到詞窮，如果願意再多花兩倍的金額，甚至能夠換到一張單程車票。

太好了，這下我就就可以確定努力的方向了。生活終於不再缺乏意義了。我卻完全高興不起來。

到底是為什麼……

✣

隔天抵達教室的時候，班上同學有大半都在討論唯羽的事情。幾名平時和唯羽比較要好的女同學在教室角落圍成一個圈，每個都哭喪著一張臉。

畢竟是班上的風雲人物，突然轉學的影響很大吧。

從她們斷斷續續的討論內容看來，唯羽似乎也沒對她們說過相關的事情，我不禁感到一絲安心。原來唯羽不只沒對我說，而是對所有人都保密，接著又忍不住厭惡起這樣的自己。

渾渾噩噩地過了一天。課堂的內容完全沒聽進去，我腦中只有無數的自問自答，可是過了一段時間重新審視，就發現根本沒一個想法有建設性。全部都是自欺欺人的想法。我似乎也是同學們指指點點以及討論的人物之一，不過也有可能只是心理作用。

回到公寓的時候愛倫姊已經待在客廳，喝著一如往常的黑咖啡。

乍看之下似乎什麼都沒有改變。

「看樣子你今天少見地去上學了。一切正常？」

「……嗯，沒發生什麼特別的事情。」

「閒著沒事，我就順便做了晚餐。好久沒有做料理了，意外挺有趣的。」

若是以往的我，肯定會笑罵只是將調理包加熱根本不算料理，但是今天沒有力氣反駁，只是靜靜點頭。

愛倫姊嘆了口氣，似乎知道多說無意，小心翼翼地放下馬克杯。

「車票放在桌子上。當日來回的特快車。」

「……謝謝。」

言語有時候根本不足以表達心情的百分之一，就算說出口也不確定對方究竟理解多少。從這點來看，音樂就好多了，即便是無法清楚訴說的內容也能夠將最重要的心情傳達給對方。

「不用謝，等你出社會後要還我十倍。」愛倫姊平淡地說。

「……當然。」

對那個開玩笑似的發言許下一個不可能實現的承諾，我拿起那張車票放入口袋。連結兩地的一小張紙片有著出乎意料的重量，就像是裝著珍貴寶物的易碎品，使我整個人不由得僵硬起來。

「雖然我明白你也瞭解，但還是要多嘴一下。」

愛倫姊放輕音調。

「依照你那種彆扭又固執的個性，很容易鑽牛角尖……消沉一段時間無所謂，但如果從此一蹶不振的話就不行了，唯羽妹妹肯定也不希望看見你……看見我們如此失落。」

因為愛倫姊也是唯羽的青梅竹馬，所以才有資格這麼說。若一個立場和我不同的人這麼告訴我的話，我肯定會氣到當面揍對方一拳，但是正因為如此，我才不想從愛倫姊的口中聽見這番話。

蠻不講理的憤怒比起理性的行動好太多了。可以讓我選擇的話，我真想任由感情支配舌頭，和愛倫姊大吵一下好發洩胸口的積鬱。但是理智告訴我現在必須講一個令愛倫姊放心的回答，否則就得繼續聽她的安慰……那樣我寧願坐在教室聽講，至少還有出席時數可拿。

「——是呀，我何必為了一個連搬家都沒講的傢伙的事情耿耿於懷。」

愛倫姊的表情頓時凝固了，讓我驚覺自己的失言。

我到底在說些什麼。

對愛倫姊生氣根本就像是鬧脾氣的小孩子，明明已經決定要成熟地回覆，為什麼會說出這種話？深呼吸了好幾口氣，我試著要挽回，最後卻還是只能吐出無力的道歉。

「……抱歉。」

「沒關係，我知道你現在的心情也不好受。」

愛倫姊勉強地露出微笑。即使自己同樣難受卻可以擺出笑臉安慰其他人，這就是所謂的大人嗎？真是了不起。

我說不定一輩子也沒辦法成為真正的大人。

愛倫姊之後就沒再多說什麼了。她只是溫柔地揉了揉我的頭髮，然後就嚷嚷著「再不回去就會被主任殺了」之類的話，快步離開公寓。

但是儘管我再眼拙也不會看漏她臉頰的淚痕。

我頹然地在餐桌前坐下，咬著已經稍微涼掉的調理包晚餐，對於自己的幼稚和無能為力感到又是氣餒又是憤怒。

✣

隔天，我因為出席率不足而被叫到教職員室。

導師正苦口婆心地勸說千篇一律的內容。現在正是需要專心的時候，不要被無關的旁騖影響，要是因此被退學就太傻了，你自己的人生要靠自己好好把握啊。

我當然瞭解，為了不被退學可是精密計算過出席天數。

為了避免自己睡著，我偏開視線尋找能提振精神的東西，接著注意到桌上相當少見地放著一份報紙。

在現在的時代，報紙是相當稀少的物品。儘管印刷術與紙張的製造方法都有好好地流傳下來，收集資訊的時間才是製作報紙最困難的關鍵。聽說舊時代似乎一天就會有數家報社發行早報和晚報，總數超過十多份，然而現在即使由高層進行主導，一周發行一份報紙就是極限了。

當我看見標題的瞬間，雙腳卻彷彿陷入無底的沼澤。

身體好重。喉嚨好乾。

我一次又一次地凝視標題之下的內容，從第一個字到最後一個字，期望是我自己眼花看錯了。可是即使我在心中默數到了一百，報紙依然沒有變化。

那裡依然以黑得發亮的油墨寫著許唯羽這三個字。

什麼意思？

大腦接收到超乎規格的訊息，反而完全無法運作。

這三個字代表什麼意思？

在「重大交通意外」的標題之下，「死亡名單」的後面，寫著的「許唯羽」究竟代表什麼意思？

我不斷深呼吸，氧氣卻越來越稀薄。肺部彷彿隨時會裂開。

——對了，說不定是同名同姓的人。

世界上某個可憐的女生遭遇事故，在青春年華的時候喪失了性命。雖然很可憐但那也是無可奈何的事情，比起認識的人，當然是讓不認識的人死掉更好吧。

但是位於正上方的名字打碎了這微小的機率。那是唯羽父親的名字。

同名同姓而且還是兩個人，這種巧合就算是世界末日也不會發生吧？但是反正距離世界末日也不遠了，神說不定不會吝惜這樣的小小奇蹟吧？

我忽然之間很想笑，同時也很想放聲大吼，將積鬱在內心的所有壓力一口氣爆發出來。這樣到底算什麼啊？若是神開的玩笑也太過殘酷了，但是還有其他的可能性嗎？我拒絕繼續思考下去，因為答案已經浮現了，可是、可是……

「——喂，你有在聽嗎？」

導師皺起眉頭瞪了我一眼，接著注意到我的視線，轉而拿起報紙瞥了幾眼。導師一瞬間瞪大了眼，嘴巴不自覺得張開，發出不成言語的奇怪聲音。

全辦公室的老師慢慢地聚集過來。

低呼與哀嘆聲此起彼落地響起。

我緩慢地轉動僵硬的頸部環顧室內一圈，詫異地發現竟然沒有一個人流淚。

為什麼呢？太奇怪了，聽見他人死訊的時候流淚才是正常反應吧？但老師們只是在討論那個人不就是前幾天轉學的那個女孩嗎;我有去聽她在中央公園的那場演奏耶;聽說一年級就已經拿到音樂大學的保送名額了。

我走出教師辦公室。沒有任何人注意到我離開了。

沒有意識到自己究竟朝著何處,只是一個勁地向前邁步,不停走著。這樣應該會減輕心中的痛苦吧?應該會吧?直到一陣強風颳過臉頰,我才猛然發現自己也沒流淚,不,我這個應該算太過悲傷所以哭不出來的情況吧。

藉口要多少有多少,不過沒有一個能夠真正說服自己。

回到公寓的時候,很難得的愛倫姊已經待在客廳了。

桌面放著一份相同的報紙。

無論是我的早退或是關於那則新聞的細節,她都沒有發表任何評語。愛倫姊只是走過來輕輕拍了拍我的頭髮,就像小時候安慰跌倒而哭泣的我那樣,接著留下一杯剛泡好的熱咖啡就回去工作了。

或許連她也不清楚這種時候該說些什麼吧?

壓在馬克杯下方的紙條寫著「別做傻事」。

「——才不會呢。」我對著胸口喃喃自語,接著喝了一口咖啡。

苦澀的味道讓我不禁皺眉。

我走到廚房的碗櫥取出唯一能夠稱為甜食的合成砂糖,粗魯地撕開缺口,倒入馬克杯,拿起下一包砂糖。重複了這個動作好幾次,直到桌面被砂糖的空包裝紙掩埋才再次拿起咖啡喝了一口。

沒想到味道依然沒有任何變化。真是太奇怪了。

我緩緩放下馬克杯，咖啡的苦味依然殘留在齒縫揮之不散，不知為何，我想起不久前和唯羽一起吃巧克力的時候。明明同樣都是苦味，為什麼差異這麼大？

等到咖啡喝完就無事可做了。

平時這個時候，我都在做些什麼？

我下意識地摸向耳朵附近，卻感覺不到習慣的耳機重量。

——該不會丟了吧？

我嚇得立刻站起。被推倒的椅子喀地倒在地板。胸口一緊，就像是被強硬塞入燃燒的冰塊，壓得我幾乎無法呼吸。

過了好幾分鐘才想起隨身聽還放在書包裡面。我脫力地坐下，卻忘記椅子已經倒了，當下直接跌到地板。

雖然還沒到放學時間，但我實在提不起勁再次離開家門，到學校去取隨身聽，況且還得忍受眾人評論唯羽的事情，一想到就心生厭惡。

明明與唯羽最親近的友人應該是我，剛才卻因為一個價值好幾次配給額度的隨身聽就將她的事情拋諸腦後，這樣的我還有資格以此自居嗎？

沒有音樂的夜晚寂寥得令人難以想像。

無事可做的我只能胡思亂想，但是無論怎麼想都只有負面的結論。

明明唯羽離開的那天我被逼到只要再往前一步就會崩潰，這次卻流不出半滴眼淚。我現在忽然覺得唯羽的搬家根本不值一提，就算她要搬去其他國家也好。比起交通事故，我情願她在一個遙遠的地方生活。

至少她還活著。

但是如果我再也見不到她，那麼和她死了有什麼不同？

所以在唯羽搬家那天她就等同於死了……是這樣嗎？

總覺得這樣的想法很奇怪，但是思考機須停滯的腦袋又想不出反駁的論點。

我縮起身子，混合鐵銹與咖啡殘渣的苦味在口腔不斷擴散，隨著嗚咽從齒縫流淌而出……

✣

再次恢復意識的時候已經是十四小時後的傍晚了。

我朦朧地望著時鐘。得知唯羽的死訊好像是前一秒才發生的事情，卻也好像過了很久、很久、久到和記憶中鮮明的某些片段混在一起，成為遙遠懷念的回憶。

無意識形成的巨大鴻溝隔在中間。

這是我第一次如此靠近地面對死亡這個名詞。

我該怎麼辦？不，應該說，我該做什麼？

——什麼也不用做，什麼也不能做啊。難不成身為普通高中生的我有辦法挽回這件悲劇嗎？到事故現場望著殘骸與警戒標語憑弔唯羽？或者就此一蹶不振，拿著天賜的絕佳理由自甘墮落，感覺似乎也不壞，還是說以此為動力，加入醫療相關科別，致力研究讓死者復生的醫療技術？

不，別開玩笑了，死而復生是不可能發生的奇蹟。就算是舊時期的超高科技也無法達到那個領域，遑論文明大幅度衰落的現在了。

還是我該冀望報導錯誤的可能性？憑空捏造一個只存在於大腦的訊息來催眠自己。可是那樣太過麻煩了，因為那樣豈不是代表我得不斷提醒自己這個現實不可？

所以就忘了唯羽吧，就像是忘了過去那些曾經喜歡的女生一樣。

這個不是我最擅長的事情嗎？

如同以往的繼續混日子，讓平穩到乏味的日常充斥每一吋的腦細胞，推擠掉那名少女曾經佔據的位置。總有一天，時間一定會沖淡情緒。之後唯羽也會變成只存在於記憶片隅的一個人影。我甚至會懷疑她是否確實存在於現實當中，或只是高中時期幻想出來的人物。

我翻了個身。

都遲到了，乾脆順便翹課吧，反正老師也會體諒我的。那個平時老是一個人待著、只和唯羽特別好的那位同學一定打擊特別大吧，翹課也是無可奈何的事情。

真是一個任何人都無法反駁的好理由。

當天秤的一端是死亡的時候，無論另一端放上什麼都無法恢復平衡。

思考出心安理得的理由，我再次沉沉睡去。過程極端曖昧，我似乎曾經起來好幾次，喝水或是上廁所，但意識就像被蓋了層薄紗，雖然知道自己在做什麼，大腦卻無法清晰地思考指揮。

等到思緒重新恢復清晰時，已經是再隔天的清晨了。

我雖然醒了，但是卻沒睜開眼睛。

今天再不去上課就會超過學校規定的請假天數。

雖然我想過一直將唯羽當作理由，但是總感覺那麼做就輸了。

——如果唯羽還活著，她肯定不希望你這樣一蹶不振。

諸如此類的至理名言不需要其他人告訴我，自然就會在腦中浮現了，但緊接著就會浮現異常鮮明的畫面。

少來了，唯羽的話才不會管我有沒有翹課。說不定一時心血來潮，還會拉著我一起到附近最高的大樓樓頂開場單人觀眾的演奏會。

我忍不住笑出聲音，但喉嚨痛得要死。笑聲立刻變成啞啞的咳嗽。

……還是去學校吧。

儘管班上除了唯羽之外就不會有人主動找我搭話了，但我還是想了好幾個藉口預備，之後卻逐漸覺得很麻煩，隨便抓了點放在冰箱的吐司吃完後，翹課跑到唱片行，讓持續重複的簡單動作麻痺神經。點開檔案，聆聽三到四分鐘的不協雜音，移動滑鼠點擊下一份檔案。如果世界上的事情都能被歸納成如此單純的指令就好了。

等到我回過神來，外頭的天色已經全黑了。隱約有聽見幾首沒有損壞的歌曲，但是我現在才意識到自己沒有做標記，有一瞬間想要直接跳過今天聽過的份，直接繼續往下聽，可是又感覺很浪費。只能改天再重新聽一次了。

自己到底在幹嘛啊？唯羽死了，永遠也見不到面了，我卻還在破爛陰暗的房間裡，糾結要不要為了幾首歌再花費一整天的時間。能夠在耳機撥放的歌曲比起再也無法碰觸的唯羽還要有價值。理智這麼告訴我。但是這樣很奇怪啊！

可是即使我哭喊到聲嘶力竭、讓全世界都知道這件事情，一旦意識到那是偽裝出來的，不就沒有意義了？況且在唯羽早已不在的此刻，我還有爭取他人同感的必要嗎？

這時我才忽然意識到周圍的人怎麼想與自己毫無關係。

我其實只想要得到唯羽一個人的認同而已。

——該生氣的時候就生氣，該笑的時候就笑，這樣才正常吧。

唯羽曾經說過的話語再次迴盪耳畔。

所以我現在該做何反應？

因為想通自己的心情而開懷大笑，還是因為這麼晚才意識到而放聲痛哭？

但是在那之前，用理性去分析自己的心理狀態就已經不正常了吧。一般人應該是在開心的時候開心、在生氣的時候生氣，而非先思考這種時候該表現的正常行動才採取行動吧。

我忽然想起小時候參加葬禮的回憶。那時我和唯羽都只是分不清自己與他人差異的孩子。死掉的人是唯羽的奶奶。印象中她對我和唯羽都疼愛有加，每次去奶奶家玩總可以拿到糖果餅乾，雖然餅乾又硬又沒味道、糖果黏牙又不甜，不過對當時的小孩來說可是相當稀少珍貴的奢侈品。不僅會陪我們玩還會說故事給我們聽，所以自己應該是很喜歡她的。

然而在葬禮上唯羽哭得連站著的力氣都沒了，癱軟在地板上，身旁的我卻沒有任何感傷的情緒，只是靜靜盯著棺材的紋理。啊啊，以後不會有人發糖果餅乾給自己了。大概是這樣子的感覺。

太過傷痛什麼的都是謊言罷了，只要無法流出淚水就代表內心並不悲傷。畢竟世界上只有三種生物會流淚，若人在悲傷時連眼淚也流不出來，豈不是比動物更差勁？

不過我無法確定那本塗鴉似的古籍究竟根據事實寫的還是單純拿來騙小孩的，況且現在也不存在名叫象或者是海豚的生物能夠進行實驗。

啊啊，這麼一想，說不定我在那個時候就已經壞掉了，身為一個人類的機能已經受損到無法復原的狀態。

我頹喪地坐在牆角，被內部空無一物的唱片盒所環繞。快要滅頂錯覺不斷襲上口鼻，肺部絞痛地渴求著氧氣。原來如此，這就是唯羽當時所感覺到的感受嗎？近距離接觸死亡會讓人變成這樣嗎？當時的她究竟是怎麼忍過這種感覺而沒有發瘋的？

我就這樣一直蹲在牆角，任憑各種亂七八糟的想法在大腦紛亂交錯，直到空腹感再也無法忍耐的時候才跌跌撞撞地站起來，

無論發生再悲慘的事情，人類還是得吃飯。

這種生理需求真是令人笑不出來。

我腦中一瞬間閃過為了唯羽絕食的念頭，但最後還是放棄了。因為這麼做毫無意義？因為不想將唯羽與食慾畫上等號？還是單純因為嫌那麼做太麻煩了？由於我餓到沒有力氣思考，所

以也忘記究竟是哪個原因促使自己放棄的。

最後吃了什麼也沒有記憶。口感很像是為了唯羽生日等特殊場合而藏在櫃子的巧克力，也像是快要壞掉的乾糧。當空腹感消失之後我又坐回牆角，抱著膝蓋盡量縮小自己，吸著快要凍傷鼻腔的空氣。

雖然經常在禁入區域亂晃，不過這是我首次在唱片行過夜。

感覺真差。

✣

不知不覺間一星期過去了。

唯羽死後的第一個假日即將到來。

我最後還是沒去學校，下次再見到導師肯定少不了一頓責備。說不定這次真的會被勒令退學吧？到時候母親和愛倫姊又會是何種反應呢？想著這些問題，躺在床鋪的我瞪著天花板發呆。

中午過後，我被回家探視情況的愛倫姊趕出去。說什麼去外面曬曬太陽也好，但是時序進入十一月的舊首都根本感到不到溫暖，微弱的光線在落到皮膚之前就已經被灰暗的雲以及聳立在四周的大廈玻璃窗削光了熱量，僅剩下肉眼可視的微小粒子。

儘管如此，不想爭吵的我還是拉緊圍巾，漫無目的地走在街道。

人造絨毛的觸感刺痛著皮膚。

——畢竟是用舊毛衣的線重新編織的，品質就不要太過強求了。唯羽在前年的聖誕節送我生日禮物的那天，咬著嘴唇這麼說。謝謝，那麼我心懷感激地接受了，至於末端彷彿隨時會散掉的地方會好心假裝沒看見的。當我這麼說完就被唯羽用書包狠狠打了後腦杓。

「沒禮貌！這可是人家辛苦了好幾個星期才織好的！算了，還給我！」

「我鄭重拒絕。拿到手的東西就是我的了。況且在這麼冷的天氣如果沒圍巾的話，說不定會失溫。」

當時的我一邊笑著回話一邊思考今年的生日禮物該送她什麼，不過往年都是直接詢問唯羽想要的東西然後送出去，今年應該也是一樣吧。

我停下腳步，在刺痛臉頰的寒風中昂起臉。

無論待在什麼地方，做著什麼事情依然到處都是唯羽的影子。

要我不去想她根本不可能辦得到。

眼睛周圍又暈染出熱度。為了避免自己在街道崩潰，我快步走到某間沒有營業的店面櫥窗前，假裝在觀看模特兒身上那件不合時宜的牛仔熱褲。

週遭路人的視線刺得我很不舒服，互相低語的模樣彷彿將我當作可疑人物似的，如果他們聯絡警察就麻煩了，而且一直在街道徘徊也不是辦法。非得找些事情來做才行，否則從腳踝緩慢堆積的空虛感終究會超過口鼻，將我溺斃。

等到視野中的模糊總算消退，我才發現自己不知不覺間走到唱片行的門口了。

沒錯，只剩下這裡了。唯一的庇護所就是被塵埃與無法撥放的唱片所包圍的狹窄房間。唯羽不曾來過的房間。我踩著踉蹌的步伐走進去，讓夾帶塵埃的空氣充滿肺葉。

坐在櫃台後方的椅子，我打開主機，隨後將音量轉到最大，讓耳膜塞滿主唱嘶啞的歌聲，彷彿腦袋被硬生生塞入一把弦繃緊到隨時會斷掉的電吉他，狠狠抽打大腦內壁。彎曲趴在桌面的雙手就好像不是自己的，早已麻痺到沒有知覺了。

再不讓血液流通的話，說不定手臂會壞死。

這個念頭無意義地浮現，我也沒有多加思考地打算起身，卻因為連腳也麻了，一時間無法支撐體重，當場往旁邊摔倒。

痛、痛痛痛！不過因為雙手雙腳都麻了，根本無法動彈。

既然如此，我乾脆維持蜷曲的姿勢躺在地板。

……原來用低角度往上看是這種感覺。早已習慣的唱片行就像是陌生的新場所。我努力思考類似的事情，拼命忽視不停從胸口深處傳來的理性質問。

——我到底還要維持這種頹廢的狀態多久？

唯羽已經死了，我也差不多該接受這個事實了。但是勉強自己振作的話，似乎會失去和唯羽某種珍貴的連結，所以我拼了命地忽視所有理性，任由自己浸泡在悲傷之中，直到全身的皮膚都泡爛浮腫為止。

當我發現知覺重新回到身體後才搖搖晃晃地站起來。

某個物品掉落在地的聲響傳入耳中。

硬幣掉了嗎？我默默地彎腰，卻在看清那東西的瞬間停止了呼吸。

「——！」

我小心翼翼地撿起那個半吋見方的薄片——那是一個黑色的記憶卡。

資源短缺的現在，記憶卡可不是隨處可撿的物品。凡是套上電子資訊產品的物件一律受到嚴格控管，只要裡面的資料可能包含舊時代的資訊或者拆解之後能夠分析出任何資料，高層就不會放過一絲絲的可能性。

難道是那天唯羽趁著撞我的時候偷偷塞進口袋？就在慶功宴結束，我陪她在站牌等公車的時候？這麼一想，我似乎沒有特別注意過外套口袋裡面究竟有些什麼。

唯羽不會做無意義的事情。既然她偷偷將記憶卡給我，那麼一定有她的理由。

唯羽想要告訴我的訊息……嗎？

雖然這可能只是一廂情願，但我不禁這樣認定。

我輕撫著記憶卡的接頭，從指尖傳遞而來的發現卻令動作愕然停止。意識到關鍵的我聽見心臟急速墜落的聲響。

沒有……能夠讀取的機器。

如果我沒有記錯，這類型的記憶卡需要專門的讀卡機才能夠讀取。但是那個機種在我出生之前就已經全面淘汰了，現在市面上的樣式皆不支援這個記憶卡。

唯羽最後留給我的話語明明就握在掌心，卻無法傳達給我。

我緩緩地吐出累積在胸口所有的空氣。

這樣就只剩下一個方法了。

我抬高視線，透過有著細微裂痕的灰暗玻璃望向窗外。視野中似乎浮現了那名老是待在頂樓、仰望天空的少女的孤單身影。

Chapter 3:
Aspirin Tablet

第一次和那名仰望天空的少女談話是在發現記憶卡的五天後。

學校頂樓由於外圍的欄杆鏽蝕過度，隨時會有崩塌的危險，原則上禁止學生進入，不過經常翹課的學生都知道只要將門把用力往上提，側著身子推撞幾下，鎖就會自然鬆開了。

這個訣竅還是唯羽教我的，否則當時只會靠蠻力亂扳亂壓，每次到頂樓都擔心發出的噪音太大引起老師的注意。

現在已經駕輕就熟的我安靜地推開鐵門。

學校的頂樓或許從某個角度來看無異於廢棄大樓，都是為了尋求一個能夠存放這副身軀的位置，然後在任何人也沒發現的情況下靜靜地和堆積在鐵欄杆底部的殘雪一起被遺忘。

不過現在回想起來，我在學校的時候常常和唯羽待在頂樓，倒一次也沒看過那名少女……單純的偶然嗎？還是說她到頂樓的時間剛好與我們錯開了？

今天那名少女還是和在廢棄大樓的時候一樣，脖子掛著頭戴式的酒紅色耳機，維持昂著頭的姿勢眺望遙不可及的天空彼端。

她曾經寫過的信件內容再次掠過腦海。那傢伙肯定也抱著別人難以想像的沉重心情生活著吧？雖然自己的生活也好不到哪裡去，「想死」這種念頭可是一次也沒想過……應該說就算想了也沒膽子實行。

我深呼吸了好幾次。和陌生的女同學搭話還是需要不少勇氣，回想著花費數天才擬好的說詞與理由，上前準備搭話。

「那個，不好意思——」

沒想到對方竟然先發制人，劈頭就砸出一長串內容。

「你這幾天的中午都會像個偷窺狂似的站在角落的陰影處，露出彷彿顏面神經失調的怪異表情直盯著我看，原本還打算如果今天你再不出面就要通報警察機構了。」

「只有那點請務必饒了我！」

少女冷冷地哼了聲，昂著俏臉。

「……有什麼事情嗎？」

「那個，我不否認有事情需要找妳，但請讓我澄清一下，我並沒有像個偷窺狂吧。」

「那麼請問你找我有什麼事情嗎？偷窺狂同學。」

「不要若無其事地沿用那個稱呼啦！」

少女斜著眼望向我。瀏海依序擺動。

「如何？你很久沒有這樣和其他人說話了吧，有很懷念的感覺嗎？悠學長？」

「誒？為什麼？妳……知道我的事情？」

我詫異反問。

少女訕然聳肩。

「畢竟那可是近十年來少見的重大交通事故，所有人都在談論，各種版本的謠言更是早就傳遍學校了。雖然我不確定真實的成分占了其中多少比例。」

原來如此。我沉默地低下頭，數著地板上欄杆的倒影。開始思索該怎麼將話題轉回希望的發展。

少女似乎也不趕著推進話題。

當我陷入沉默時，她同樣不發一語。

這種時候應該由我打破沉默吧？畢竟自己有求於人。我小聲清了清喉嚨，正要開口時卻又被搶先打斷。她露出眺望地平線的眼神說：

「——或許我們兩個還蠻像的。」

哪個部分像啊？我和妳這種毒舌又莫名奇妙的人可沒交點。我在心底回應，卻沒說出口。

「你聽說過嗎？關於折斷翅膀的天使的故事。」

「那是什麼？」

「關於那位被錯認成惡黨，其實卻努力拯救著世界的勇者呢？」

「毫無頭緒。」

「那麼在消失的地平線的那個地方是哪裡，你心底有底嗎？」

「……妳到底在說些什麼？」

我跟不上她的思考速度，疑惑著這種跳躍性的談話是怎麼回事。

少女再度沉默，節奏被打亂的我徹底忘了準備好的說詞，根本無法問出真正想問的問題，只能望著操場上正在跑步的身影發楞。我知道自己的口才並不好，但沒想到居然糟到這種地步，累積了數天的詞語卻連一個年紀相仿的少女都無法好好溝通。

「——吶，你知道世界正在邁向終結嗎？」

又是一個沒有關聯的新話題，她的思考邏輯究竟長得多麼扭曲啊。

我嘆了口氣，順著這個好不容易知道的問題回答。

「這個不是每個人都知道的常識嗎？」

少女撥了一下髮尾，銳利的雙眼由上而下地掃視著我。

「糧食不足、海岸線後退導致生活空間受到壓縮、替代能源發展停滯、出生率逐漸降低、犯罪率卻節節高升，這些都是耳熟能詳的重大問題，但是都不足以成為世界毀滅的原因。就算這些問題再嚴重，因為沒有立即性的危險，人們自然會對此視而不見。」

「很抱歉，我算是個不關心世事的人，妳講的那些問題也只是略有耳聞的程度而已，無法發表更加深入的意見。」

沒想到她卻說了句「我知道」就繼續問：「所以我在意的並非『常識』，而是你有確實理解這個『事實』當中的涵義嗎？」

我稍微思考了一下，乾脆地放棄解謎。

「我不是來這裡陪妳玩文字遊戲的，來找妳是希望妳能夠協助——」

「——聽下去。」

少女態度強硬地打斷，一字一字清晰地開口。

「儘管那些問題不會導致世界立即性的毀滅，高層卻依然嚴肅以對，各個科別的員工都日夜不分地加班趕工，你知道其中的原因嗎？因為世界會在『我們這一代』毀滅。」

頂樓的風似乎加強了那個關鍵字的力道，重重撞在胸口。

我感覺喉嚨被塞入滾燙的冰塊，灼熱的液體刺痛著內壁流下，但是相當詭異的，理智立刻選擇故作鎮定。

「那是只流傳於地下組織和宗教團體的陰謀論吧。我建議妳別光明正大地在公開場合提起這種事情，否則被人聽見通報高層會有處理不完的麻煩。」

「要這樣思考確實無法反駁，畢竟我這邊也沒有證據。不過我是站在相信的那一方。」

少女的聲音非常平穩。

平穩得就像是在敘述一件再尋常不過的事情。

「確切時間仍不清楚，但是估計會在我們出社會不久的時候……所以當我們從學校畢業，長大成人，好不容易能夠享受努力讀書帶來的回報之前，世界就會結束了。你不覺得這樣很不公平嗎？」

我想要插話，卻不曉得該說些什麼才好。

「其中一項推測因素就是出生率。那可是一個國家生產力的基礎指標，明明每年都創新低，高層卻連鼓勵生產的政策宣傳也沒做不是嗎？說到底，那些知情的官員也沒冷血到鼓勵大家多生孩子，然後看著他們成年之前就死了。」

她若有似無地嘆了一口氣。

「所以換個角度來看，我們這一代正是最後的一代。在正值青春時代的時候，世界也正好終結，不必背負任何責任，只需要盡情地享受生命、謳歌愉快就好了……你也是這麼想的吧？學長。」

我說不出半句反駁或嘲弄的話。

因為她所說的內容都是真的。

愛倫姊身為高層的高級研究員，其研究的主題就是「太陽風暴的週期與後續影響」，母親忙到一年也不見得可以回家一次的程度，為了也是想出解決太陽風暴的方法。

千百年前所發生的那場太陽風暴顛覆了人類歷史上最為繁華興盛的文明。

理當倒退數百年的文明卻苟延殘喘地抱緊著慘劇中遺留的殘骸，不死心地進行掙扎、擺脫與抵抗，最後發展出一種自詡為「進化」、將舊時代的科技結晶以及垃圾都視為珍貴遺產的怪異生活方式。

而據說，即將在近期內發生的第二次太陽風暴將會超過前次規模，令「人類」這個物種徹底滅亡。

首次得知這個消息是在國中開學典禮的前天晚上，到母親房間找需要的文件時，我湊巧讀到放在桌面的研究報告。那些複雜難解的專有名詞與數學程式自然看不懂，但是寫在最後並且用紅筆圈起來的結論卻是一目了然。

世界將會毀滅。

而且沒有解決辦法。

人們所能做的只有「什麼也辦不到」地等待世界末日那天的到來。

所以相當諷刺的，我在尚未體會到夢想帶來的喜悅之前，就已經深刻理解絕望的滋味了。

努力也沒有用，為未來而做的準備只會付諸流水。

畢竟學生時期的努力是為了出社會的準備，但是我們已經沒有出社會之後的未來了，不如得過且過地混掉每一天，以輕鬆而且悠閒的心態過活。這樣在世界末日的那天，我至少不會有未完成某項目標的遺憾，能夠灑脫地面對死亡。

至於和其他人的交流也只是浪費時間，反正最後死的時候身邊也不會有其他人。所以寧願一個人待著。就算只是無聊地看著景物發呆也勝過花費心思和其他人相處。

這樣以愛理不理的態度應付別人，國中三年下來，只剩下唯羽那傢伙會不厭其煩地跑來找我說話，即使我的態度差到氣得她咬牙切齒，隔天依然會不屈不撓地再度出現，掛著笑臉開啟新的話題。

孤單一人蹉跎時間的少年。

獨自仰望天空的少女。

——或許我們兩個蠻像的。

我想起方才長髮少女說過的話，這時似乎已經不能肯定地反駁了。

胸口有股莫名的情緒即將滿溢而出，進而出現想要砸毀物品發洩的衝動。

明明我早就知道世界會毀滅了，明明我也認為自己早就接受這個事實了，但是首次從他人口中聽見的時候還是無法平靜地面對。

「……我要回去了。」

我轉身離開。避開她的視線。

少女沒有阻止也沒有露出疑惑的神色，只是靜靜地將視線移回天空。

在我即將關上鐵門的時候，有個極其微弱的嘆息聲飄來。

「──瞳。」

少女的嗓音似乎隨時會被風聲掩蓋。

「……姓氏呢？」我問。

「不告訴你。」瞳微微勾起嘴角說：「那麼我們明天見了，學長。」

我沒有追問，輕輕掩上鐵門。果然自己到了緊要關頭就只會逃避……不對，我只是先離開讓心情平復，否則動搖的情況下根本無法完成原本的目標。我這麼說服自己。

看來唯羽即使離開了，她說過的話依舊無時無刻影響著自己。

我嘆了口氣，將唯羽的名字驅逐出腦袋。除非想再次消沉不振，不然還是暫時別思考過往回憶。

看來不只有我試圖調查對方，少女也做著相同的事情。從雙方的情報差距判斷，她遠比我成功……然而話又說回來，自稱「瞳」的少女到底是誰？既然稱呼我為學長，所以是同校的學妹嗎？

理智得出這個結論，但是總有股不協調感環繞在那名少女身上。就像在黑暗中盲目摸索的雙手沾上了蜘蛛網，來回搓揉卻無法順利除去，甚至令蛛絲纏繞得更緊。自己似乎極其愚蠢地看漏了一個相當重要的關鍵，然而到底是什麼，我不曉得……

✣

隔天的午休時間，我又來到了頂樓。幸運的是瞳依然待在那裡。

原本以為她翹課離開學校的機率挺高的，現在看來似乎也不盡然如此。

「你又來了呢，就如同執行刻寫在晶片程式的機器人一樣。」瞳連頭也沒轉。

因為妳昨天說了「明天見」啊！不過那個譬喻相當貼切，我無法理直氣壯地反駁。

「於是你經過一整個晚上的思考，在心底和假想出來的我不停辯論，終於得到能夠挺胸反駁的論點與自信了？那麼就讓我好好見識吧。今天你的表情似乎更加平靜，比起昨天那種偷窺狂似的不安好多了。」

「我可沒有正在和妳辯論的記憶。」

「啊啦，是這樣嗎？」

瞳敷衍地聳肩。

「不過我可是挺想知道學長的感想呢。對於世界末日、高層的計畫等等，說不定有另一番深入的見解能夠讓我大開眼界。」

如果順著她的話題說下去只會沒完沒了，落得和昨天相同下場。

我深呼吸一口氣，堅定地說：「我就單刀直入地說了，我需要妳的幫忙。」

「哪方面的呢？」

出乎預料的，瞳並沒有因為提問被無視而發怒，與之相反，這個話題似乎令她湧現興趣。

瞳收回仰望天空的視線，轉而凝視著我。

這是我第一次從正面看清楚她的容貌。那雙眼眸中蘊含著某種自己無法明白的強烈情緒。我好一會兒才回神，急忙說：

「關於妳的耳機和口袋的隨身聽……雖然只是匆匆一瞥，但我看得出來那個並非外面販售的款式，細節部分充滿著自行製作的痕跡。若是對於舊時期的文明沒有一定程度瞭解的話，是沒辦法做出來的。」

「啊，這個啊……」

瞳瞄了眼從口袋露出半截的隨身聽，聳肩說：

「很抱歉，這個東西並不是我做的。」

簡單的一句話就將我好不容易累積起來的希望打毀。膝蓋似乎失去支撐的力量，我用盡全力才站穩身體，但表情肯定變得很難看。

「怎麼，這個對你來說具有很重大的意義嗎？」

瞳捏著耳機線將隨身聽拉到眼前。

別那樣拿啦！要是鬆開的話隨身聽會摔到地上耶！

「就我看來只是一個造型新穎的金屬塊而已，啊，還附加了撥放音樂的功能，因此不至於被扔進垃圾桶。」

「……妳的形容真是相當獨特。」

竟然將價值不亞於普通人家數個月生活費的科技產品當作廢鐵，看來她並不瞭解這方面的事情。

「那麼是別人送妳的？能夠告訴我那個人是誰嗎？」

我試著從另一個可能性詢問，不料瞳果斷地搖頭。

「沒辦法。況且嚴格說起來，這個並非我的所有物，只是在『某個期限』之前代為保管而已，之後就要轉交出去了。」

那算什麼模糊的說法。這樣一來，就算我追問要轉交給誰、某個期限是何時也不會乾脆地坦白吧？

可惡，這下子真的無計可施了。

怎麼辦……

「你瞪我也沒用，畢竟我和製造的人約好了。不能將這些事情洩漏給第三者知道……不過製作的地點倒是可以告訴你，那裡還留有不少這種模樣的零件。」

瞳微微閉起眼眸，回憶地說：

「當初那個人做的時候我也在旁邊看，雖然製作過程已經忘得差不多了，不過光是按照材料量來推算的話，再多做幾千個也不成問題。這樣有幫到你嗎？」

那樣……或許有辦法。

關於舊時期文明的機械構造，光是學校的圖書館就有許多文獻可以查詢，如果到高層職員專用的大圖書館應該會找到更多資料。不過零件的取得才是一大難題。可以組裝成機械的零件大部分都屬於管制用品，價錢更是一般學生難以負擔的天文數字。

雖然一開始的目的無法達成，卻也有所斬獲。成果只是從「熟知機械的人」變為「無數的零件」，孰優孰劣目前還無法判斷。

「對了，你這麼做的目的是為了什麼？」

儘管瞳貌似問得相當不經意，但是我隱約意識到如果無法回答出讓她滿意的答案，她就會立刻拒絕提供任何幫助。

數個參考答案閃過腦海，但是現在沒時間讓自己深思熟慮，若要我立即編出自圓其說的謊言也是不可能的事情。直接告訴她實情嗎？不，那樣應該是最爛的答案之一。

斟酌再三，最後我只能含糊不清地說：

「我打算製作一個能夠讀取舊式記憶卡的插槽，裡面的資料……對我而言很重要。」

瞳偏頭沉思了一會兒，抬起眼眸。

「雖然我聽不太懂，對於機械也不瞭解。但是如果能夠在市面上買到成品，應該不必花費這麼大的工夫親手製作。換句話說，你打算製造的那種東西並不合法吧。」

「我無法否認這麼做的風險，所以也無法強迫妳答應……但是拜託妳千萬別將這件事情告訴第三者，否則計畫會立刻失敗。」

「你做事都不會深思熟慮嗎？要是我拒絕，你打算怎麼辦？」

瞳那雙深刻的眼眸略帶責備地瞪著我。

「殺了我以絕後患？」

「咦，不……不至於到那種地步吧。」

我不禁退了一步，開始懷疑眼前的女孩可能比自己想像的還要危險，畢竟一般人不會隨口說出殺人這種事情吧？

就在我遲疑的時候，瞳單手托著臉頰、從頭到腳地打量著我。在我心灰意冷地認為希望不大的時候，瞳卻忽然開口：「好吧，我幫。」

能夠不追究是最好的，雖然對於我個人而言，也得背負一個不確定的風險。理智這麼告訴自己，我卻忍不住脫口而出說：

「為什麼妳願意冒著風險幫忙？」

「……你果然不是正常人耶。」

瞳卻答非所問地這麼回答。

「追根究底對於你而言到底有什麼好處？若每個問題都需要一個理由才能夠行動，那麼你和機器人有何差別。在我看來，理由與指令是相同的東西。」

由於她說的實在太過一針見血，我頓時啞口無言。非得要順著心情去行動、之後再考慮原因的人才是正常的人類嗎？這種規則又是哪個人類制定出來的？但是她的論點在某部分和唯羽重疊了，此刻的我無力辯解。

瞳別有深意地直盯著我看，接著又重重嘆了口氣。

「我們做個簡單的心理測驗吧。十二月二十五號。」瞳凝視著我問：「除了聖誕節，你有什麼頭緒嗎？」

「……那天是我的生日。」

瞳首次露出笑容。

小巧的齒縫發出銀鈴般的輕笑。

「學長真是風趣，自我意識過剩就是這個意思吧。」

「囉、囉唆！這是我唯一想得到的可能性啊。」

我狼狽地回嘴。臉頰就像是燒起來一樣，無法維持住平靜的表情。

「回到你的問題。嗯……其實也不是什麼大不了的理由，不過我現在不想講……這樣好了，等到你完成那個不曉得做什麼用的機械的那一天，我就會將幫助你的理由全盤托出，意下如何？」

瞳向我伸出右手。

「……交易成立。」

我回握住她的手。掌心傳來冰冷且柔軟的體溫。

接著瞳有些厭惡地將手在制服下擺擦了擦……那麼不情願的話就別先伸出手啊！這傢伙真是不討人喜歡！

「說起來，雖然我答應要協助學長，不過具體而言該怎麼做？將那個地點畫成地圖交給你就行了嗎？」

「不，如果可以的話……麻煩妳親自帶我過去。」

雖然她說得相當果斷，但說不定依然和那名製造隨身聽的人保有聯繫，只要能夠增加一絲絲的機率，就算被當作死皮賴臉的人也無所謂，我絕對不會輕易地斷掉這份聯繫。

「今天有點太晚了。過幾天我會找時間解釋。放學後妳都會待在頂樓嗎？」

瞳隨興地聳肩。

「看心情吧。至少一個月會來一次。」

我現在依然無法確定她是否真心想要幫忙，不過至少是一位不會說謊的人。雖然沒有根據，但是我這麼認為。

「那麼今天就換我先回去了。」

瞳一甩長髮，不疾不徐地離開頂樓。

「希望我們的交易愉快，學長。」

✣

最近我幾乎不到廢棄大樓了。除了收集零件和研究電腦之外的時間都待在學校的頂樓。

這幾天大致掌握了主機的線路結構，也跑了好幾趟黑市購買工具和零件。照理說早就可以開始改造電腦了，我卻遲遲沒有動手。每次都在拿起螺絲起子之後就放下，逃避似的前往學校頂樓，一個人倚靠欄杆，眺望著逐漸被夜幕吞噬的高樓大廈。

不過今天當我開啟鐵門時，那裡已經站著一名長髮飄逸的身影了。

「……真是的，妳今天總算在了。」

「為何學長一副很不滿的模樣？我可是有遵照約定，一個月至少過來露個面。」

瞳用手指撩開被吹到眼前的頭髮，側著臉說：

「別看我這樣，其實也挺忙的。」

自從交易達成的那天起，瞳就沒再出現在頂樓，害我還提心吊膽地以為她說話不算話，甚至偷偷向高層洩密了。縱使有滿腹的牢騷想抱怨，但是一見到她就忽然覺得那些都不重要了。

「妳接下來有時間吧？這裡不好討論事情，跟我來。」

瞳不置可否地跟在後頭。不過當我們接近校門時，瞳忽然止步。

「有老師在……走後門吧。」瞳斷然轉身，隨口說：「你也不想因為我被抓去教師辦公室訓話而浪費掉好幾個小時吧。」

「妳究竟是幹了什麼事情啊？」

瞳輕描淡寫地揚揚手。

「某些對於高中生而言罪大惡極的罪名啦。雖然只要等到畢業那天就會自然洗清了。」

「我可以詢問罪名的確切名稱嗎？」

「如果不怕被當成共犯，告訴你倒也無妨。」

「……還是算了。」

學校後門說明白點就是圍牆比較矮的地方。平時挺少學生會經過，再加上種了一排櫻花樹的緣故可以稍作遮蔽，在某些學生中是口耳相傳的特殊道路。

不過圍牆說矮也有兩尺之高，就算是常常在廢墟攀上爬下的我每次翻牆也不免耗費一番功夫。當我好不容易站到牆頂，正打算伸手拉瞳上來時，不料她按住裙襬，直接跳起兩尺有餘的高度，併起雙腿、姿勢優雅地跳過圍牆。翩然落地之後，瞳拍了拍裙襬，輕鬆寫意地挺起胸口。

「帶路吧，學長。」

「喔、喔，大概一個小時就會到了。」

我急忙跳下，暗自重新審視身旁的少女。一般人可沒那麼好的跳躍力，她該不會是體育相關的保送生吧？

抵達唱片行的時候，我難掩雀躍地說：

「這裡算是我的祕密基地，改造作業也在這邊進行。如何？」

畢竟連唯羽也沒有來過，瞳是第一個到唱片行的人。

瞳別有深意地打量唱片行的裝潢，每個角落都不放過地走上一次。

「就舊首都區內的建築物而言，這間店的完整性還真高，設備幾乎沒有毀損。」

她隨手取出一片唱片，用手指抹去表面的灰塵，頗感興趣地看著封面。

「這個是某種儲存媒介嗎？感覺相當古老了。」

「嗯，音樂儲存媒介，但是缺乏播放器材所以不能聽。」

「這樣啊……真是可惜，明明有這麼多的說。」

因為瞳說這話的時候還是面無表情，導致我無法分辨那究竟是客套辭令還是真心話。

接著，我在拿出主機之前感到遲疑。

這樣的發展是不是太過順利了？完全按照我的期望。該不會一拿出主機，瞳就會取出高層的公文，然後告知我被逮捕了？

「瞳，現在才問可能有點晚了。不過……妳應該不是高層的關係者吧？」

「這可不好說呢。」

瞳不置可否地轉移視線，用食指將唱片推回架子。

「如果我表示肯定的話你會怎麼辦？殺了我嗎？不，這個梗已經用過一次了，況且那麼做也於事無補了。」

不，就說了我不會用那麼偏激的手段。

瞳偏頭思索了下，忽然露出豁然開朗的表情點頭說：

「乾脆拿把柄威脅我吧，這個做法不錯。不但消除向高層洩漏情報的可能性，還順便將我拉入你的陣營，一舉兩得。」

「我哪來的把柄可以威脅妳……」

「那種東西當場製造不就好了。譬如以言語誘導我說出不可告人的祕密，直接用暴力將我打倒，虛張聲勢地威脅要做出對我不利的行為。」

瞳扳著手指數道。

「以現有的記憶儲存媒介留下當事人不堪的記錄也行，學長口袋中的隨身聽應該有錄音功能吧？那就是相當不錯的方法了，當然，如果能夠拍照、錄影的話效果會更加——」

「夠了！這個話題到此為止！」

等到聲波澈底回歸平靜時，我才意識到那聲大吼是從自己的喉嚨發出的。

「……學長你的反應有點誇張喔。」

瞳往前踏了一步，就像是想要確認某件事情似的，面無表情地凝視我。

當初唯羽的刺青被我看見的時候，我曾經想過她是不是因為有把柄被香格里拉的人掌握了，所以才會迫不得已加入他們。但之後她並沒有出現異於往常的行動或表情，所以我也逐漸將這個疑惑扔到心底深處，從來沒有旁敲側擊或是直接詢問過。

連一次也沒有。

「——我的隨身聽只能撥放音樂，沒有妳說的那些功能。」

瞳頓時露出難以置信的神情，眉毛高高挑起。

就像我常常使用的方法。轉移話題的焦點，更簡單地來說就是直接死不認帳，無論對方說什麼，我只要假裝無辜地回答其他事情就好了。面對這樣的逃避方式，唯羽通常堅持數十分鐘就會放棄追問了，可是瞳似乎不肯罷休。

她冷淡地瞇起雙眸，一字一句清晰地咬著牙齒說。

「學長，你應該知道我想聽的不是這個。如果下一句話仍然文不對題，我之後再也不會出現在你面前了，絕對不會。知情卻隱瞞的人是我最討厭的類型。」

果然用唯羽當作基準是錯誤的。

這種情況即使我再不會看氣氛也知道唯一的解決台詞，乾脆地低頭認錯。

「不好意思對妳怒吼，剛才情緒失控了。」

「我接受你的道歉，但是別再有下一次了。」

瞳即使是這種時候還能夠擺出如此高姿態，也是挺令人佩服的。

我從櫃檯底下拿出器材。啟動發電機時的聲音令瞳微微皺眉，不過她卻似乎對機械沒有興趣，淡淡瞥了眼就繼續瀏覽唱片封面。

我忍不住翻起白眼暗忖難怪她會看著別人親手製造隨身聽，卻依舊對於製造方法一無所知。否則親眼看過一次，總該記得幾成吧。

好半晌，將店內逛完一圈的瞳走過來蹲在主機旁，用雙掌捧住臉頰。

「所以呢？你打算重頭製作一個讀卡機嗎？」

「承蒙妳這麼看得起，不過我可沒那麼厲害，那種技術連高層的專門團隊都很難辦到了。」

我露出苦笑。

「只是打算改造一下電腦的插孔而已。線路之類的大部分都會直接沿用舊款的……不過比較苦惱的是就算順利讀取出裡面的資料，如果需要特定的撥放軟體就束手無策了。」

看似拿手地擺弄機器還在我的知識範圍內，編寫程式這塊領域就只是個門外漢了。

「我聽不太懂，不過首先要做的就是改造那台破銅爛鐵吧？」

「沒錯。」我吁出一口長氣。正如瞳所說，如果沒辦法成功改造電腦的插槽，接下來的計畫都只是空談。不過可以的話，請不要稱呼最關鍵的電腦為破銅爛鐵。

「妳說那個能夠取得隨身聽材料的地點在哪裡？」

瞳歪著脖子。長髮隨之從肩膀依序滑落。

酒紅色的耳機外殼閃閃發亮。

「要先到那個堆滿破銅爛鐵的地方找材料嗎？」

「如果可以先收集可能會用到的零件自然是最好的。」還有難不成妳關於機械的相關詞彙只有破銅爛鐵一個嗎？

「那就走吧。」

瞳說完便立刻走出唱片行，我急忙收拾好器材，抓起披在椅背的外套大步跟上。走在前方的瞳始終維持相同頻率的步伐。雙手插在大衣口袋，百褶裙擺不疾不徐地左右搖晃。穿過兩個街口和一座天橋，我因為眼前猛然變化的景象腳步一滯。

那是淹水區域。

我望著眼前被靛藍色海水覆蓋的街道，剎時失去了言語。傾倒的建築物一、二樓大多都浸泡在水中，苔蘚與少數水陸雜生的植物附著在牆壁，隨著水波盪動。水面正好照出我和瞳並肩而立的倒影，隱約可見的半透明魚類優游其中。

牠們似乎對突然出現的我們很感興趣，紛紛湊近。

瞳蹲在邊緣，伸出手指輕碰水面。魚們小心翼翼地輕啄了瞳的指尖一下，立刻擺盪尾鰭游走了。蕩開的漣漪攪亂了我和瞳的倒影。

或許幾年之後，淹水區域就會擴大到我居住的那棟公寓附近了，到時候就得搬家了。雖然這樣通勤時間會減少，不過母親距離工作場所就更遠了……話雖如此，反正母親也不回家，應該無所謂。

「我們沒有攜帶充氣艇，怎麼過去？」

瞳沒有回答，起身走到旁邊兩棟廢墟之間的巷弄，隨手扔開堆積的木板和垃圾後，猛力掀起一塊大帆布。裡面是一艘早已充滿氣的氣艇，艇內放置著船槳、繩索與一些裝在木箱的工具，旁邊甚至放了兩雙雨靴。

「……為什麼這種地方會藏著充氣艇？」我詫異地問。

「認識的人放的。」

瞳避重就輕地回答。雖然也有可能只是她懶得解釋太多。

話說回來，瞳居然有其他認識的人這點讓我感到震驚。在學校的時候從來沒看過瞳和其他人說過話。她隨時都是單獨一人，周身散發著狼的孤高氣息。

「快點吧，雖然不趕時間，但我想在天黑之前回去。」

接過瞳遞來的雨靴，我穿上後疑惑發現尺寸剛好。瞳俐落地解開套繩，順著街道的坡度將充氣艇推到水中，接著輕跳到上頭。

隨後踏入船內的我忍不住仔細打量。

這艘充氣艇應該是軍方淘汰的款式，邊緣還印有未刮除乾淨的軍用編號。比起民間拿帆布粗製濫造的充氣艇，軍方用品的品質自然高上不少，不過也讓我產生擁有者究竟是何方神聖的疑惑。畢竟連高層的研究人員都很難取得軍方用品，更別提一般住民了。

「學長，如果你因為發呆而導致船身翻覆，我肯定會殺了你。我是說真的。」

瞳的眼神相當凌厲，所以我只好先將那些疑惑扔到一旁，專心划船。

老實說，我只在學校的實習課程中划過船槳，幸好記憶還殘存不少。儘管動作仍嫌生疏，至少能夠逃過被瞳痛罵的命運。

一路上瞳並不多話，只在交叉路口時指示方向。划船的重責大任幾乎都由我承擔，坐在船尾的瞳只負責注意船身的平衡而已。

莫約划了數十分鐘，瞳指示我在一個呈現扇形排列的石階中間暫作停留。舊時代的這座首都可不會淹水，自然不會在街道中央設有碼頭，所以這裡應該是公園或大型建築門面的一部分。總而言之，能夠有方便停靠的地方真是幫大忙了。因為我已經忘記停船的方法了。

附近一根柱子上頭有隻被海風鏽蝕的風信雞堅守職責地不停旋轉，發出微弱的傾軋聲。替原本就無人的寧靜氣氛增添上一層寂寥。由於在到處都是高樓大廈的舊首都很少看見這種風格的裝飾品，我不由得盯著那枚不停旋轉的金屬片出了神。

「——學長，回神。」

瞳不滿地咋嘴。

「啊、啊，不好意思，什麼事？」

「雖然前面還有一條捷徑，不過我們還是在這裡下船吧。繼續往前划會直接出海，我判斷學長沒有能力應付海潮。」

瞳應該在開玩笑吧？怎麼可能只滑了這一小段路就出海了？按照學者的說法，海岸線確實以「突飛猛進」的速度侵蝕著陸地，不過應該沒有侵蝕得那麼快吧？我們才划了一小時不到耶。不過我每次上地理課的時候都在睡覺，其實也不清楚現在舊首都與海岸線之間的距離有多遠。

只有這種時候會後悔沒有好好上課呢。我忍不住苦笑。雖然也只有在這種時候才會這麼想而已。

「別愣著，槳沒動的話充氣艇不會自動靠岸停妥。」

我趕緊回神，將充氣艇往岸邊划去。

等到距離岸邊一步之遠的時候，瞳俐落跳過去，拉起繩索，熟練地將充氣艇和柱子的底座繫在一起。

「好了，過來吧。你還想在裡面待多久。」

「喔、喔。」

我立刻站起，不料槳去勾到船身的把手，頓時失去平衡，充氣艇劇烈搖動到幾乎翻覆。瞳環著手臂冷眼旁觀。等到我好不容易穩住身子，她才開口：

「……需要牽著你的手嗎？」

「不用了！」

「先講清楚，要是掉下去可不會救你。衣服濕掉很麻煩的。學長應該會游泳吧？」

「會啦！」

「那就好。我們還要再往上面走一小段路。那裡的地勢比較高，不用穿雨靴了。」

並排的兩雙雨靴靠著充氣艇。

水匯聚成一條小小的水流，順著石階往下流回水中。

這附近的建築沒有特殊之處，和舊首都其他隨處可見的地方差不多。在無數高樓大廈底下的是半毀壞的街景廢墟。但不曉得是不是淹水區隔離的緣故，完全沒看見任何的流浪動物，就連蟲鳴聲也顯得極其微弱。

「——到了。」

瞳言簡意賅地說完，停下腳步，貌似要觀察我的表情似的回頭。

眼前是一條和來程途中所見並無二異的灰色街景。被爬藤植物纏滿的招牌連接成一株奇形怪狀的巨型樹木。帶葉的觸鬚在風中飄動。

「……這裡只是普通的商店街吧，真的會有零件嗎？」

瞳沒有理會我，逕自走到最靠近的一家店面，粗暴地用腳踹了好幾下半毀的鐵門。但是連接處比想像的還要堅固，她只好放棄一開始的方案，轉而撿起地板的鐵棍砸向窗戶。

玻璃碎裂的巨響令我忍不住轉投確認周圍沒有其他人存在。在這個死寂的地方，我總是躡手躡腳地行動，生怕聲音會引起不必要的注意，不過瞳似乎從來沒有這層顧慮，老是憑自己的心情行動。

瞳多敲了幾下將邊緣的玻璃打得更碎才扔掉鐵棍。她單腳踩在窗軌，俐落地翻入室內，接著不停跺腳。細碎的破裂聲不絕於耳。

「……我可以詢問妳在幹嘛嗎？」

「把玻璃踩得更碎啊。就算你不懂，難道不能從我的行為自行推論嗎？笨蛋。」

雖然我已經稍微習慣瞳那惡毒的說話方式，不過偶爾還是會受傷。

「還愣在外面幹嘛？你自己不進來看看嗎。」

「啊……是是是。」

我謹慎地避開窗軌的碎片，跨進室內，隨即被眼前的景震撼得目瞪口呆，說不出話來。

房間被無數的木箱與鐵架所環繞，上頭堆滿各式零件。室內殘留著些許刺鼻的味道，很像是在維修工廠會聞到的味道。該不會這裡面都是危險氣體吧？有火花就會爆炸之類的？

但是好奇心遠勝於警戒，我小心謹慎地踩在咿啞作響的地板。

最靠近的箱子泛出金屬製品特有的光線，其中甚至有八成都是叫不出名稱的零件，也不曉得要用在什麼地方。

這裡簡直是寶庫啊！

我三步併兩步地衝上前，珍而重之地拿起各種零件。

瞳隨手撿起一個螺絲帽打量了幾眼，接著便不屑地將它扔回地板。別那麼粗魯地對待零件啦！

「有必要那麼興奮嗎？不就是一堆沒人要的破銅爛鐵嗎？」

別傻了，要是給高層知道這裡的存在，肯定會引起極大騷動。

現在人類缺少的不僅僅是再造舊文明高端科技的方法，就連許多細部零件的製造方法也無從得知。許多被舊文明視為理所當然、常常出現在文章中的物品，偏偏沒有任何一本書提及製作方法。正因為如此，某些小零件甚至比完整的科技產品還有價值。

曝露在外的零件太多已經鏽蝕，但是埋在下面的應該還能夠使用才對。我小心謹慎地撥開上層的灰塵，用食指和拇指拿起一個兩端都是螺旋的螺絲。那是沒有在市場和黑市看過的外型，或許光是這一顆螺絲就能夠換到普通人家好幾個月的配給額度了。

我正在研究沒有螺帽的螺絲該如何上鎖，瞳則是一副按耐煩躁感的模樣，環著手臂靠在牆邊。

「怎麼樣？對於修理作業有幫助嗎？」

「幫大忙了，謝謝。」

保險起見，只要是看起來或許會有用處的零件都拿了幾個，某些不知道功能的也拿了一些。最後撿了滿滿一大袋。

瞳探頭看了一下袋子裡的物品。

「你這樣就滿足了嗎？這邊一整排都是類似的店面喔。」

「為什麼不早講啦！」

我一把放下袋子，急忙走出去。隔壁的幾間店鋪同樣讓我大感訝異，櫃子裡甚至有完好如初的大型機械，不過分解後再研究細部功能太耗費時間了，只能改天再過來一趟。如果能夠好好研究這邊的機械，對於改造作業肯定會有進展的。

離開的時候我不禁閃過一個念頭。可以拿零件和那些機械去黑市變賣現金，然後換取更高級的工具與零件……所得金額甚至說不定還可以直接買斷市面上所有的舊型讀卡機，直接完成目標。不過最後還是作罷。

風險等問題暫且不提，既然是唯羽親手交付給我物品，有種非得親自找到讀取方式不可的預感。

否則總感覺會被她取笑。

✣

今天是愛倫姊難得的休假日，於情於理我都得待在家裡陪她。雖然昨天晚上跟瞳告知過今天都不會過去，不過那傢伙該不會依然待在唱片行發呆吧？站在陽台旁的我望著似乎隨時會下雨的陰暗天空，忽然覺得很有可能。

雖然沒有明講，但我看得出來她很喜歡唱片行的氛圍。

仔細想想，放假的愛倫姊只會癱在沙發一動也不動，其實不太需要我的陪伴。

「——我說，難得的休假不去哪邊走走嗎？妳這樣的話和待在研究室有什麼差別？」我轉頭詢問。

「這你就不懂了，光是沒有主任施加的精神壓力就輕鬆不少了，更別提這裡可是少數能夠讓我澈底放鬆、不用在意旁人目光的地方，和研究室可說是雲泥之別啊。」

愛倫姊毫無姿勢可言地躺在沙發，發出伸懶腰的愜意呻吟。

「真想一直過這種生活啊。」

「多點朝氣啦，沒想過找個男朋友之類的嗎？妳也差不多該結束單身生活了。」

「喔喔，沒想到當年一把鼻涕、一把眼淚跟在我屁股後面跑的小鬼頭已經成長到可以用男朋友來教訓姊姊的程度了，姊姊我真是又驚喜又害羞又感傷啊，不過這點不需要你擔心，沒女友的時間等於年齡的小鬼頭，想追求姊姊的人可是不勝其數呢。」

「少騙人了，妳也是沒男友的經歷等於年齡吧。」

「別當場戳破嘛。光這點就知道你缺乏社會經驗，這種時候應該要笑著轉移話題才是禮貌。」

「那樣妳說謊也選點比較不容易被戳破的說詞啊。」

「看來我們幾個都差不多啊，缺乏光輝燦爛的青春。不過唯羽妹妹的話說不定早就和別人交往了，畢竟她那麼可愛。」

「……這點我不太清楚。」

愛倫姊沉默片刻才沉著聲音說：

「抱歉，我有點壞心眼了。不該這麼問的。」

「不用道歉啦。話說回來，我們一開始在說些什麼？」

連我自己都覺得這話轉得太過生硬，但是愛倫姊馬上接話說：「你在教訓姊姊的青春不夠多采多姿啦。」

「不是那樣吧。」

「聽在姊姊耳中就是那個意思喔。離開學校後對時間的感覺和學生時代澈底不同啦，不過這點只能靠本人親自體會，我現在講再多你也不明白。」

既然如此就將那些煩惱留給以後的自己吧。我乾脆地做出結論，不再繼續思考。

「說起來，你好歹也是高二生了，多少要為未來做點打算。想當初我在國三的時候就已經立定志向了。」

「愛倫姊還不是能夠使用『想當初』這個詞的年紀吧。」

我顧左右而言他地聳肩。

「別想岔開話題喔。」

不料愛倫姊敏銳地發現我的意圖，從沙發上翻起身，盤腿而坐。啊啊，她要開始長篇大論了。察知到這點的我為了避免愛倫姊一說就停不下來，先發制人地發問：

「但是愛倫姊最後也沒有按照自己的志向走下去不是嗎？妳當初想要進入的是AI科吧？」

「不要這麼快論破啦，這下子我好像就沒資格指導你的未來出路了。」

愛倫姊苦笑著抓抓頭髮。

「不過這其中有很深的緣由啦，一時之間也無法解釋，你就當作是大人的理由，別追究了。」

「我倒覺得用大人的理由矇混過去的人心智根本還沒成熟……」

「總而言之，盡快決定好目標沒有壞處啦。」

我試圖壓下內心逐漸高升的煩躁感，卻沒什麼效果。

「如果有需要的話，姊姊可以陪你做人生諮詢喔。」

「不用了，多謝愛倫姊的好意。」

我努力維持表情的平靜。

「別見外啦，我在其他科別裡面也認識不少人，情報要多少有多少，就算想要走後門也沒問題。這下子有沒有更加崇拜姊姊我啊。」

少來，明明因為心直口快的個性和每個科的主任都鬧得不甚愉快，虧她還有臉大肆吹噓。

「總而言之，快點決定未來的出路絕對沒壞處。」

講來講去還是繞回這句話。

我感覺自己快忍不住了。

「反正等我們成年之前世界就會毀滅了不是嗎？那樣努力又有什麼意義？」

等到看見愛倫姊的表情，我才驚覺自己剛才說了什麼。可惡，我也太禁不起刺激了吧，居然這麼容易就說溜嘴了，原本我可是打算一直假裝自己不知道直到那天到來。

愛倫姊張大了嘴，難以置信地望著我。

「你、你是……從哪裡聽見那種事情的……」

「國一的開學典禮，我湊巧在母親的房間看到報告書了。」

所以我從那時就瞭解活著只不過是死亡的倒數計時罷了。這是一場打從出生就不斷邁向終點的賽跑，差別只在於長度的不同。而生活在現代的我，到達終點的時間更是縮短不少。

愛倫姊張口似乎想說什麼，但又在最後將聲音嚥回喉嚨。

「……妳不反駁嗎？」

苦澀的聲音連自己也快聽不下去了。

如果愛倫姊能夠說些反駁的話，或許能夠稍微敲碎我自國中便堅定不移的想法。如果能夠痛罵我一頓就更好了，最好是罵得自己完全無法抬頭，澈底認清這份愚蠢和異想天開。

偏偏愛倫姊一句話都不說，只是露出徬徨無助的眼神。

「……吶，妳什麼話都不說嗎？」
我不像自己地再次催促。
疑問就像是狠狠揍了愛倫姊一拳，自殘似的逼迫她吐出不希望聽見的肯定答案。
愛倫姊忽然咬緊嘴唇。她張嘴想要說些什麼，聲音卻細微地像蚊蠅振翅。我不禁前傾身子。但是即使我靠近到能夠感受到鼻息的距離，卻依然聽不見她的聲音。
「愛倫姊？」
在我喊完名字的瞬間，愛倫姊忽然跺了跺腳，直接開門衝了出去。
……哎？氣跑了？
錯愕的我忽然很想笑。徘徊在房內的沉重氣氛頓時消散無蹤。虧我之前還覺得愛倫姊已經成為成熟的大人了，結果那些成熟的舉動也只是裝出來的嘛。
放著她不管也不是辦法……追過去吧。我一把抓起扔在沙發上的外套，奪門而出。
驟降的低溫令我一瞬間如墜冰窖。呼出的白煙遮蔽視線，還差點踩空樓梯。幸好愛倫姊的腳程不快，剛跑出公寓就看見她的背影了。
「愛倫姊，好歹妳也是成年人了，不要吵架吵輸就跑掉啦。很令人困擾耶。」
「又沒人叫你追過來！」
「還在鬧脾氣啊……」
加速衝上去後不免會有一陣拉扯，我沒有用蠻力阻止愛倫姊的念頭，說到底就連為什麼我們倆要在街道追逐也是莫名其妙。權衡之下只好繼續跟在愛倫姊後面跑。

數分鐘後愛倫姊就自己脫力了。只見她氣喘吁吁地癱坐在人行道邊界，雙腳膝蓋向內靠攏，濕掉的瀏海蓋住了額頭和雙眼。半透明的汗水涔涔滴落。

愛倫姊從以前開始體力就沒進步呢，玩鬼抓人時總是第一個累癱。明明是我們當中年紀最大的說。

我放慢速度走過去，將出門時隨手抓的外套披在她的肩膀，有些無奈地跟著坐在旁邊。居然穿著睡衣在大街跑，這個也是很有勇氣的壯舉啊。幸好沒有引起軍警的注意。

「我說啊，雖然妳是做研究的，多少也要鍛鍊一下體力啦。」

抱住膝蓋的愛倫姊還是一個勁地低頭不語。

「……吶，愛倫姊，剛才是我不好……抱歉了。」

抱著膝蓋的愛倫姊微微一震，抬起的臉頰紅得彷彿連汗水都被染色了，卻仍固執地重複相同的話語。

「錯的……你的想法是錯的，不可以這麼想……」

「愛倫姊，就算妳要耍帥也先將臉擦乾淨啦。」我哭笑不得地說：「即使說了再帥氣的台詞，搭配上妳現在的表情就全白費了。」

愛倫姊應了聲，用外套袖子胡亂在臉上抹了抹，拉住我的手站起來。

回程的途中我們沒有再提到任何關於世界末日或者是未來藍圖的話題，只是沉默踩踏從腳底往後延伸的狹長影子。

——這個話題到此為止。

我彷彿可以從愛倫姊脆弱的側臉讀出這個訊息。
說的也是，繼續辯論並沒有意義，只是平白增加我與愛倫姊的矛盾而已。
既然世界末日即將來臨，至少在到來的那天之前，繼續維持兩人之間的良好關係吧。

✣

「——感覺最近滿多人待在這邊耶。」
某天瞳忽然這麼說。
當時我正因為從寶物庫的商店街找到的零件都不合電腦的型號而備感煩躁，隨便應了一聲。
對話到此停止。過了一會兒，當我發現盤腿坐著的她依然在等待回答才放下電線，沒好氣地說：
「這裡可是明令禁止進入的地方，一般人不會沒事跑來閒晃吧。被抓到的後果可不是罰款能夠了事，嚴重點說不定會被抓入矯正所。」
「說是這麼說，你倒是沒在擔心的樣子嘛，一天到晚都待在這裡。」
「這句話我紋風不動地還給妳。」
雖然沒有根據，不過瞳待在禁入區域的時間肯定比我久。
「所以你並沒有感覺這裡忽然多出很多人？」
話題又轉回來了嗎。我無奈地重複一次答案。
「沒有。」

這裡充其量只是無處可歸的人的聚集地，每個人都是為了尋找一個能夠浪費時間的最終站，基於只有自己能夠明白的理由慢慢聚集在這個地方。但是那種類型的人並不會在一夕之間突然增多。

「好吧，大概是我的錯覺。」

瞳乾脆地結束話題，轉而走到門口蹲著動也不動。

我甩著手指舒緩僵硬，斜眼看了好一陣子才發現她正在觀察門口的一列螞蟻。

「……吶，瞳，妳待在這邊不會無聊嗎？」

「怎麼？不希望我待在這邊嗎？會妨礙到你的集中力？」

她頭也沒抬地問。

「不、不是那個意思，只是想說妳只是偶爾看看書、或是在唱片那邊閒晃。既然有這麼多時間，可以找點有意義的事情來打發吧？」我有些慌張地說明。

「寫作業或是準備考試之類的嗎？我看起來像是那種人嗎？」

「嗯，確實不像。」

「所以結論出來了。」

瞳的口氣冷得讓人卻步。

「不需要為我操那種無謂的心，雖然你說的沒錯，人類這種生物意外地無法對抗『沒有目標』這件事。一旦失去了生活目標就會無所依靠，變得相當軟弱……所以人生一定得找個目標，無論那是多麼微小的目標都沒關係。」

「晚餐該吃什麼，或是期待週末這種事情也算嗎？」

本以為瞳會一如往常地用毒辣的言語奚落，沒想到她卻忽然露出隨時會被風吹散的無助表情，點頭肯定。

「就是那樣。儘管化成言語相當哀傷，不過正如所言。」

我一瞬間看呆了。瞳似乎在那個眨眼的短暫時間內變成另一個自己不熟悉的陌生人。但我隨即偏開視線，低頭埋首於主機板之後的複雜零件與線路。如果被瞳發覺這份失態，天曉得會有多麼毒辣的言語轟過來。

「總感覺妳的想法完全不像這個年紀的少女該有的。」

一般人哪會想這麼多無關緊要的事情，使用「人類」這個名詞，甚至還偏激地舉出眾多理論性的證明來加強自己的說法。

為了轉移話題，我將內心的感想直言以告，沒想到卻被瞳狠狠瞪了。

「少講得一副理所當然的模樣，你又知道多少人內心真正的想法了？你完全沒有接觸他人內心的經驗吧，將自己關在自己腦中，不和其他人交流，單就思想而言就只是小鬼擅自妄想的等級。」

「無話反駁，也不想反駁。」我攤開手掌承認。

「像你這樣笑笑著輕鬆回答，就表示你根本沒有聽進去。」

「這點我也曾經被某人狠狠批評過了。」我不禁露出苦笑。「為了改正才會和妳搭話，拜託妳幫助我。」

否則如果是以前的我，就算沒有辦法，依舊會堅持拒絕尋求幫助，只靠自己去克服。

「是條件交換，我可沒有被你拜託的記憶……」

瞳輕聲糾正。表情卻再次出現改變，彷彿冰山稍微融化了些許，露出凍結在其中的微弱光點。她夢囈似的呢喃：

「不過你的話也有一些道理。我的這種情況說不定是一種病呢，在舊文明時期似乎被稱為『彼得潘症候群』。」

「那是一個人名嗎？外國人？」

「不清楚，文獻只記載到症狀，至於取名細節的部分已經模糊到無法辨識了。雖然我自己想像了許多可能性，無奈想像力不足，只能描繪出孩童塗鴉般的印象。」

「詳細的症狀內容是什麼？」

「想要到一個沒有人認識自己的地方去，擺脫所有的責任與義務，自由展開一段新的人生。」

瞳露出眺望彩虹底端的朦朧眼神。

「無論是年少時犯下的錯誤，亦或是不堪回首的過去都可以輕易地一筆勾銷。沒有人認識自己、知道自己，所以就連人格個性都可以重新來過。重獲新生應該就是在形容這種情況吧。」

「聽起來還挺不錯的。如果真的有那樣的世界，我還挺想去見識看看。」

瞳淡淡地勾起嘴角。

「但是根據古籍的記載，似乎是個一旦去了就無法回來的世界。」
「嘛，既然存在如此方便的世界，有這樣的風險也不意外。」
「方便……嗎？真像你會使用的形容詞。」
瞳的聲音變得有些苦澀。
「關於你剛才問過的問題，還想知道答案嗎？」
「……妳的思考太老成那個？」
「嗯。」
「想說就說吧，我聽著。」低頭的我繼續手中未完成的動作。
「其實很簡單。因為在我們這個年紀，唯一被賦予的責任就是讀書……換句話說是為了未來的生活鋪下基石，可是我不必那麼做，原因你也明白。」
瞳低頭望著微微凍紅的雙掌。彷彿要接住流瀉而出的聲音似的緩緩說：「所以我除了胡思亂想之外就沒有其他事情可做了。為了不讓自己失去目標，只好像舊時代的哲學家一樣，不停在沒有出口的迷宮中打轉。」
「這麼說起來，現代好像沒有哲學家吧？」
「畢竟連人類自身存在都快消失了了，高層怎麼可能批准那種職業申請。進行將來就業升學諮詢的時候你可以向老師說你想成為哲學家，看看他們的反應。應該挺有趣的。」
瞳說到後來還滿意地點頭，自言自語著「這個真的不錯耶，等到二年級時就這樣試試看吧」等內容。

「我建議妳別拿自己的前途開玩笑啦。那場談話的內容也會被記錄在個人檔案裡頭，如果將來因為這點而被上司找麻煩也很討厭吧。」

「看我到時候的心情囉。」

這傢伙完全沒把警告聽進去嘛。

「雖然現在這麼說或許學長不會相信，不過其實我還挺感謝你的，給出一個目標。至少在看見你完成電腦的改造之前，我不會胡思亂想。」

「……亂噁心一把的，妳該不會發燒了？」

雞皮疙瘩忍不住爬滿背部。我感到些許的不對勁，卻無法清楚地指出癥結點。

瞳沒再說什麼，靜靜地用指尖滑過某片唱片的黑膠外殼。

自然垂下的髮絲正好遮住了她的側臉。

我讓那些言語靜靜地在心底沉澱，然後發酵成另外一種截然不同的情緒。

自欺欺人、埋頭衝入錯誤的牛角尖又如何？反正這麼做受傷的、損失的都是自己，況且能夠流血流淚都是活著的人的特權，不是嗎？

或許自己也是症狀患者之一呢。我忍不住露出自嘲的笑容。

「──彼得潘症候群。」

我輕聲念著這個症狀名稱。音節彷彿帶著其妙的節奏，讓我忍不住一次又一次地重複。總感覺是個帶著翅膀、輕巧飛翔於夜空中的少年。很符合青少年們愛幻想的症狀內容。

真是一個貼切的名稱。

今天我還是窩在唱片行改造電腦。

一如往常的行程，做著沒什麼變化的動作，度過快要結束的一天。

我摸索著掌心薄薄的電子晶片板，憑藉經驗以及有限的知識來改造。發現錯誤就回到上一個關鍵點，試著換另一個零件、另一個插槽、另一條新的電線，以這種毫無效率卻緩慢朝著目標邁進的方式不斷嘗試。

這段時間，瞳總會在一旁隨意地打發時間。有時候會半睜著眼、蹲在旁邊看我改造電腦，有時候會坐在櫃台後方讀著封面泛黃的小說，又有時候會漫無目的地在唱片架與唱片架之間散步、小心翼翼地取出唱片。

今天瞳的心情似乎不錯，我才剛進入唱片行，她就哼著鼻歌，舉手向我打了聲招呼，踮著腳尖跑出去。

儘管不明就理，我姑且還是先著手今天的預定進度。取出主機和發電器，當我接好線路的時候，瞳又小跳步地跑進來了。

「有發生什麼好事嗎？」

「為什麼這麼問？」

因為表情開朗得很不自然啊。我甚至忍不住懷疑妳是冒牌貨了。

「你多心了……吶，拿去。」瞳遞出一罐純黑包裝的飲料。「已經先替你加了砂糖。好好感謝我吧，在這裡要找到砂糖可不是簡單的事情。」

見狀，我僵住了。

只要喝非氣泡飲料的時候就會加砂糖，咖啡更是如此。這是連愛倫姊也不清楚，除了我自己之外，世界上應該只有唯羽知道的習慣。

——這種習慣真的很詭異耶。咖啡不苦就不是咖啡了吧，實在不敢領教。

以前還常常被唯羽這麼說。

瞳見我沒反應，替我拉開拉環，有些粗魯地將咖啡塞到手中。

「啊……謝了。」我有些出神地盯著裡頭混濁的液體，遲遲無法反應過來。

「怎麼？你不喜歡嗎？」瞳皺眉。「抱歉，不管什麼飲料都要加砂糖是我的習慣。如果你不想喝就給我吧。」

歪打誤撞猜到的嗎？真的是這樣嗎？

「……我要喝，謝謝。」

最後我還是道謝接下罐裝咖啡。將心中一閃而過的那個影像趕出腦海。

不要凡事都往唯羽的方向想，否則就連蜷曲在電線桿下取暖的黑貓和路旁的塑膠袋也和唯羽有關了。我這麼說服自己。

「話說回來，妳是去哪裡買飲料的？」再怎麼說這裡也是高層明令的禁入區域，不可能會有商家明目張膽地在這裡做生意。

「這種高樓密集的地方，只要用心找一下就會發現自動販賣機啊。」

「喔，原來如此……喂，慢著！妳確定那裡面的商品還能喝嗎？」

「雖然保存期限都已經磨損到看不清楚了，不過看其他人喝到現在都沒事，大概沒問題。」

「是過期的啊！」我差點將飲料噴出來。

「都說沒問題了。」瞳不悅地皺眉。

「我比較在意的是妳口中的其他人是指誰？那些比較基準安全嗎？有人會刻意來補貨？」

瞳這次又不回答了。她逕自扭開自己那罐的拉環，小口小口啜飲著咖啡。

比較基準是睡在一樓的大叔之類的人嗎？挺有可能的。

等到喝完咖啡，瞳用指尖磨擦著鐵鋁罐邊緣，有感而發地說：

「不過幸好我們還活在有自動販賣機的時代，不需要和人面對面就能夠完成交易，真是一個了不起的發明。」

「那樣的話妳為何不乾脆活在舊時代算了。聽說那時的人們日常生活有九成都依靠機械，也出現許多如同魔法般的神奇發明：能夠看見對方的通訊器、磁浮型的代步工具、可以連接到所有高層網頁的攜帶型終端、刻寫了個人詳細資料的微晶片。」

「聽起來真難以想像。」

「幸好有些發明還是留下來，能夠讓我們稍微體驗舊時代人們的生活方式，像是遠端聯絡的通訊器。」

「那個我可敬謝不敏。」瞳皺起眉頭。「雖然我討厭和陌生人接觸，但是我更討厭隔著一層機器和其他人講話。喃喃自語的對象有天空和星星就夠了，可不想再增加一項冰冷金屬。」

「妳的想法真極端。通訊器也是一個不可否認的重大發明吧。」

我嘴上這麼說，心底卻某部分地認同瞳的想法。

「反正我對那種機械產品沒有好感……我無法反駁它的便利性，但是在心態上就是無法接受。」

「等到妳需要的時候就不會那麼堅持了。到時候妳會因為舊時代的發明而感動萬分。」

「那可不會，畢竟舊文明的遺留物和我已經是密不可分的關係了，雖然我對於遺留物的定義和你不同。」

「那麼妳的定義是什麼？」我頗感興趣地問。

「舊文明留給我們的只有藥品、垃圾食物以及無法實現的妄想而已，悲慘的是，這三者我們缺一不可。就像全世界的人們正在做的事情一樣，束手無策的我們只是死皮賴臉地緊抓著一個早就消失的幻影不放。」

「……妳如果去組織一個宗教團體，說不定會大受歡迎。」

那種思想真不像青春年華的少女該有的。

「只是單純的抄襲罷了，像是以前的小說或是某些頭腦不太正常的人說過的話。並沒有任何值得誇獎的要素。」

我也沒也要誇講妳的意圖。但是我將話吞回喉嚨，再次埋首於四方形的機殼之內，而瞳則是靜靜地坐在椅子，不發一語地細數玻璃窗的裂痕。

其實瞳已經沒有待在這裡的理由了。

當初和瞳接觸的目的已經達成，知道那條商店街的我可以獨自完成電腦的改造。而且仔細想想，瞳並沒有陪伴我直到改造完成的義務。

——所以為什麼妳還要繼續待在這裡呢？

但是我害怕一旦挑明這點就會失去鄰近的人的溫度，變成必須獨自待在這個場所的情況。雖然這個才是常軌，然而現在的我卻受不了那樣的情況，光是想像就覺得反胃難受，倘若真演變成那樣，說不定很快就會放棄了。

明明獨自待在這個房間超過一年的時間了，長久堆積而成的習慣卻被瞳在數周內改變，重新塑造出記憶中一直有名掛著耳機的長髮少女待著的印象。所以我再度壓下詢問她為何要留在這裡的想法、假裝自己和她一樣不在意。用漫無邊際的閒扯來維繫彼此的脆弱關係。

其實我明白，她無條件幫助我的理由都無關緊要，完成之後要聽她說明的約定也不過是一個藉口而已。唯一不確定的只有瞳是否也帶著和我相同的想法。

等到今天的目標告一段落，將器材與零件收拾完畢的我和瞳並肩走出唱片行。

離開禁入區域的路程說單調其實也挺單調的，除非特定節日，否則只需注意巡邏路線固定出沒的警察就好了。

當我們抵達第二生活區的邊界時，瞳輕聲說：

「到這裡就行了。」

接著她便不疾不徐地踩著路燈光影的間隔離開。

這麼說起來，我並不曉得瞳究竟住在哪裡。

若非擁有高層的批准，不可能在距離舊首都都內如此近的距離居住。家裡公寓的附近也沒有任何鄰居，我一個人住在可供數百、數千人居住的大型公寓。該不會瞳和那些大叔一樣，違法睡在公園或廢棄的建築物裡面吧？雖然違法住在無人的建築物內很難被察覺，然而一旦被抓到會留下相當嚴重的前科。

不不不，那樣風險太高了。大概是某家商店的女兒吧。

那樣的話就很多部分就說得通了。

這個瞬間，我才意識到其實自己對她的瞭解程度只比陌生人高一點而已。

我注視著那身長髮搖曳的背影，直到隱沒在黑暗才轉身走向公寓。雙腿卻宛如濕透了難以行走。

✣

次日，我因為拉肚子而請假。

所以就說了那罐飲料肯定有問題啊！放了不曉得多久怎麼可能沒壞！

躺在床鋪的我難受到連說話都會牽動到腹部而痛得想搥打肚子轉移注意力。

所幸從舊文明保留至今最完整的物品就是藥物，總量超過數千。內容更是一應俱全。從擦傷、扭傷、摔傷到各種臟器都有專門對應的治療藥品。

掙扎地從抽屜拿出藥盒，我吞下數顆乳白色的藥錠，配合喝下的開水潤濕喉嚨。梗塞感在喉嚨深處久久揮之不去，我又多喝了幾口水，躺在床上想像藥錠在胃中起泡溶解的畫面，不知不覺間就睡著了。

等到我再次醒來的時候，隨身聽正在播放名為「Keobase-1」的歌曲。這個樂團只有找到這首歌，應該說就連是不是樂團也令人懷疑。整首歌曲只由若有似無的鼓聲以及單把吉他的淺淺旋律，和詳的頻率卻正好適合意識不明的迷濛時刻。

在床鋪多躺了一陣子，直到歌曲結束才起身。

我正覺得身體稍微好轉，打算偷空溜到唱片行多少做點改造作業的時候，不巧被回家拿資料的愛倫姊撞個正著，無從狡辯地被趕去學校。

途中不巧想起今天有就業升學的諮詢。

這份情報令雙腿愈加沉重。

實在不想去學校啊……

說到底，就業升學諮詢根本毫無意義，反正有五成的學生會進入高層相關的部門工作，其他人也會在其他領域找到屬於自己的位置。畢竟出生率年年遞減，職業空缺遠大於應徵人數，工作俯拾即是。只有少數人因為種種私人理由，變成遊蕩在禁入區域的類型。每晚窩在廢棄大樓的陰影處求得一席安身之地，漫無目的地默數著日子流逝，等待奇跡還是世界末日先到來的那一天。

不可否認的，或許我以後也會成為其中一員……應該說現在已經是半個成員了。

有所自覺的我卻還是走到校門前。無法斷然成為視翹課為日常的不良少年還真是令人困擾。只要自己仍然計算著出席日數翹課，那就只是單純的懶散學生而非不良，確定保送大學所以不需要在意出席日數的唯羽曾經這麼說。

儘管如此，就業升學諮詢的速度卻比進度表更緩慢，好不容易熬到午休時間都沒有輪到自己，我毅然決定翹課。不過卻在校門口被偶然路過的導師逮個正著。今天是升學諮詢的日子喔，雖然時間拖得比較久不過這是攸關未來一生的重要事情，不好意思請多等等吧，還是乾脆現在就到諮商室聊聊？正好午休時間空著沒有人，特別讓你插隊喔。那太過溫柔的嗓音令我無法斷然轉身逃跑。幾番權衡之下，只能無奈同意，拖著腳步前往諮商室。

我如坐針氈地不停改變在沙發的坐姿。平時有講桌和同學隔著沒發現，現在才意識到原來和老師面對面相處的壓力如此龐大。

「稍等片刻，我找找喔……啊，有了。」

始終保持笑容的導師從一大疊資料中抽出一本活頁資料夾。上面記錄著自己入學以來的操行成績、得獎經歷、社團活動。班導飛快掃視資料，隨口提問：

「那麼你有預設的目標嗎？」

「並沒有……特定的想法。關於這點還在思考。」

「是嗎。」班導繼續翻閱著資料，然而看著一排平均以下的成績應該很難提出正面的建議吧？最多就是不著邊際地建議我可以填寫一些不需要特殊專長的大學作為志願。

「雖然平時的測驗成績只在中間等級，還有一些翹課、缺席的記錄，不過這些並不會有太大的影響。」

這個時候，導師大概看見家庭背景的部分，忽然露出笑容。

「你的母親是高層的專業研究人員，這點也加分不少……這麼說起來，原來是遺傳的關係啊，你在機械相關科目成績很高，當科老師也記錄著你很有天賦。如果選擇這方面的職業，學校也會全力支持。」

我有些訝異老師竟然會注意到自己經常擺弄機械的事情。

儘管如此，從未想過以此為業的我無法當場提出有相關科系的大學，自然難以進行深入討論。撐過幾次尷尬的來回對話，我一個勁地點頭，承諾會與母親討論進路之後，好不容易找到一個空隙，匆匆向導師躬身道謝，忙不迭地離開諮詢室。

距離世界末日也不遠了，為什麼大家還有心情去思考將來的事情呢？

努力去構築一個理想的美夢，但是在即將完成之際就會被無情的現實所擊毀，破碎成無法拼湊碎片……應該說連拼湊的機會都沒有，直接宣告結束，這樣豈不是會很不甘心、很懊悔嗎？所以高層隱瞞消息的決策是正確的。若是在一夕之間多出數以千計像我這樣的人，大概不用等到真正世界末日那天，社會就會先垮掉了。

重新回到走廊，我卻覺得肩膀莫名的沉重。

一想到要面對未來，就有種想要拋下一切、放手不管的衝動。

啊啊，好麻煩。

我已經算是對未來毫無計畫、得過且過的類型了。就連這樣的我都感受到莫大壓力，那些認真為了未來而準備的人究竟承受了多少壓力實在難以想像，沒有因此崩潰還真是堅強。

我下意識走到頂樓，開啟鐵門的瞬間冷風迎面撲來。空蕩蕩的半個人影都沒有。

稍微四處張望卻沒有在死角發現那個老是仰望天空的身影。該不會她也因為肚子痛而請假吧？還是說已經翹課跑去唱片行了？或者她正乖巧地待在教室聽課？單手撐著臉頰，用原子筆抄寫黑板上的考試重點，同時在內心計算距離下課還有多少時間。

我怎麼也無法想像出那幅畫面。總覺得想和瞳平時的風格相差甚遠，簡直是不同的兩個生命體。心血來潮地決定去一年級的教室逛逛。

現代的學生人數和舊時代相比可說是大幅減少，不過高層並沒有拆掉原本的建築物重建的時間與資金，在各方面都理所當然地繼續使用舊時代的建築物，校舍也是如此。

往好的方面看是頗具風雅，可以使用數十、數百年前的人們同樣使用過的教室，不過每個年級的教室都離得很遠，這點就不曉得學校在想些什麼了。明明集中在同一排上課不是簡單又方便嗎？

從天橋穿越操場，我好不容易抵達位於校地另一端的一年級教室。不久前我和唯羽也是在這個教室上課，現在卻有種被排除在外的異樣感。

我搖頭甩去那種奇妙的感覺，走到一年級教室的門邊，攔住兩位正要離開的學妹。

「不好意思打擾一下，請問妳們班的瞳同學今天有來上課嗎？」

兩位學妹互相望了一眼。比較高的那名學妹皺眉回答：

「……我們班沒有這個人喔。學長你記錯了吧？」

「哎？」我不禁愣住了。

每個年級只有一個班，而眼前的兩位學妹看起來也不像我這種會忘記同班同學名字的類型，那麼為何會得到這個回答？難不成瞳是三年級生？還是她其實是我同學？無論何者都不可能吧！

「姓氏呢？」另一位學妹追問。

「呃……」我思索片刻，忽然想起自從初次見面那天，瞳就不曾提起她的姓氏，支吾地說：「我、我不太清楚。」

「那是學長的朋友吧？為什麼連姓氏都不知道？」

學妹懷疑的目光刺得我手足無措，只好隨便找了一個藉口離開。

之後我又攔了幾位學生詢問，卻都得到同樣的答覆。

為什麼學校沒有人認識瞳？即使連三年級的班級也去問過了，仍舊沒有人知道她的存在。

雖然想過去教職員室確認學生名單這個最終手段，但是礙於隱私立場大概會碰軟釘子，況且事到如今，就算我知道瞳不是這所學校的學生又如何？現狀依然不會改變，所以我用「沒有正當理由」當作理由說服自己打消這個念頭。無論如何，我都會一如往常地和她相處。

我做出結論，理智告訴自己到此為止，卻無法停止繼續思考這件事情。

✣

我試著在走到唱片行之前都踢著同一顆小石子前進，走走停停，順便整理太過混亂的思緒。

那名老是面無表情仰望天空的少女究竟是誰？原本就是個不容易看透的傢伙，沒想到居然連那身制服也是假的。那麼她向我說過的話當中，真假的比例又是多少？總不會通通都是謊言吧？刻意誘導我又是為了什麼？

結果在理出一個答案之前就先抵達唱片行了。

在門口徘徊的話實在太不自然了，無奈之下，我還是只能進去店裡，面對那名不可思議的少女。

「今天比以往來得晚啊。」

瞳怡然自得地坐在櫃檯後面翻著相當少見的文庫本。現在的科技雖然保留著書本的裝訂方式，卻已經沒有大量出版的理由了。僅存的人口無法撐起任何類型的書籍，只有教科書以及報紙仍靠著高層的補助斷斷續續地發行。

那本書的價值應該不是區區學生能夠負擔的。瞳身上的謎團又多了一項。

「跑到什麼地方去鬼混了？你現在應該沒有那麼多餘的空閒能夠浪費吧。」

瞳冷靜地闔上書本。

「本來以為將這部廢鐵改造得能夠讀取檔案是你目前最重要的目標。看來是我搞錯了。」

我將書包放到架子底部，試探性地說：

「發生了某件令我挺在意的事情。」

「是嗎？居然發生了連你那遲鈍的腦袋也會在意的事情，這可真是不得了。」

「要說不得了也是可以。」

我凝視著她的側臉。但是就算直接挑明詢問「瞳，妳是我們學校的學生嗎？」，「你說呢？」就像這樣，累積一個下午反覆思索的認真提問卻被她輕易敷衍掉。

「或許我只是你想像出來的幻覺喔。」

瞳露出別有深意的表情，扯起單邊的嘴角。

「你確定其他人看得見我嗎？還是你要隨便去攔個路人確認一下？」

「就算科學退步很多，不過依舊保留著眾多反駁靈異現象的證據。所謂的靈異現象只是諸多誤會與錯覺罷了。」

我嘴硬地這麼回答，心底卻忍不住懷疑她的認真程度。

「原來學長是不相信的那一方啊，這樣生活會少掉很多樂趣喔。」

瞳穿的那套制服繡著代表一年級的淺綠色刺繡，現在看來格外諷刺。

「你所詢問的對象剛好都不認識我，這是最容易假設出來的答案，其次是我告訴你的只是臨時胡謅出來的假名、也有可能我根本不存在於這裡、名為瞳的存在純粹是你為了忘掉唯羽學姊死亡擅自產生的幻覺。那麼，在這麼多符合現狀的理由中，你要相信哪一個？」

「……隨便哪個都可以。」

沒錯，她說的對，其實那些都無關緊要。

瞳的真實身分也好，瞳的用意也好，那些我都不在意，只要在昏暗的唱片行裡面，有一個陪伴自己的人就行了。

瞳勾起一抹難以言喻的淺笑。

「正確答案。」

得出自暴自棄的結論之後心情頓時輕鬆起來。

看來自己其實也挺單純的。

「話說回來，今天是學長班級的就業升學諮詢吧？結果如何？」

「會對這種事情感興趣真不符合妳的個性。」

「不久前聊過類似的話題吧。況且我也快要成年了，差不多該認真思考這方面的事情了。」

對此，我嚇得張口無語。那個整天翹課在頂樓發呆的瞳居然這麼說？

「這是某種反諷吧……還是說妳真的是瞳？不是披著人類外皮的冒牌貨？」

「真失禮呢，需要我打開胸前的裝甲讓你看看正在跳動的心臟嗎。」

「如果妳真的是機器人才不會有心臟。」

「哎呀，獻醜了。果然不該拿一知半解的機械知識反駁。」

瞳蹙起眉，略帶不滿地嬌嗔：

「話又說回來，我可是在關心學長呢，你也別想這樣矇混過去。高層最重視的科別如何？學長沒有興趣嗎？那個可是高中生的第一升學志願。」

「AI科啊，可是我對研究機器人提不起勁……真搞不懂為什麼高層會撥如此龐大的經費給AI科，明明是與世界末日沒有關係啊。」

「學長在開玩笑吧？」

瞳有些訝異地捂住嘴角。

「妳那是什麼反應，難不成妳知道高層這麼做的理由嗎？」

「當然。」瞳卻肯定地說：「我還以為這也是人盡皆知的事情。學長想聽嗎？」

「請告訴我。」

瞳出乎意料地沒有刁難，爽快地說：

「因為一旦世界末日降臨，蟑螂蟲子暫且不論，智慧生物大多無一倖免，只剩下機器人能夠存活。為了讓人類悠久的知識以及文明能夠保存，高層當然極盡全力研發機器人科技。」

瞳說得相當理所當然，而我卻如遭雷亟，呆立在當場無法動彈。

「想要留下生存過的痕跡，這是烙印在生物本能當中的慾望啊，正因為如此，動植物才會以傳宗接代作為生存的唯一目標，而人類身為萬物之靈，這種欲望當然更加強烈。」

太好了，又找到一個高層知情世界末日快到了的間接情報。我卻完全高興不起來。

「照妳的說法……豈不是將『阻止世界末日失敗』當作前提嗎？」

「誰曉得。不過如果世界末日真的被高層阻止了，就換我們這些得過且過的懶散之人該面對另外一種世界末日了，兩者並沒有太大的差別，不是嗎？」

沉甸甸的感覺在心頭揮之不去。我因為自己無法反駁瞳最後的反問而感到一絲絲的不甘心，但是隨即被更加巨大的擔憂覆蓋過去了。

Chapter 4:
A Dreamland Named Shangri-La

「你明明有才能，而且也有興趣，為什麼要拒絕接受呢？」

某次離開唱片行的時候，瞳忽然沒頭沒尾地這麼問。

那天是一個標準的舊首都天氣。灰濛濛的天空彷彿隨時會降下塵埃雨，淋得一身灰。話雖如此，揉雜各種有毒物質的塵埃靜靜地在空氣中懸浮，就算不下雨也夠髒了吧。

「吶，幹嘛突然發呆啊？我們還在走路耶。」

片刻沒有聽見回答的瞳不滿地蹙眉。

「啊……稍微晃了個神，沒什麼。」

「被一件事情吸引就看不見周遭，真是個麻煩的缺點。」

我一瞬間怔住了。將眼前的少女與那個活力充沛的馬尾少女重疊在一起。

──剛才那句話，唯羽似乎曾經對我說過吧？

不不不，這樣實在太蠢了，自己該不會累到神智不清了吧。

強壓下抱住她的衝動，我裝作不在意地說：

「妳的措辭也太含糊不清了，是要我接受什麼啊？」

「明明清楚知道我的問題，卻還故作不知地反問，這也是你的惡劣個性使然嗎？」

「不要跟我玩文字遊戲，要批評就像唯羽那樣乾淨俐落地講出來，我可沒有耐心去解妳一個又一個的隱喻。」

瞳難得表現出感興趣的模樣。

「喔？傳言中的唯羽學姊是吧。她是怎麼樣的人？既然能夠忍受你的糟糕個性這麼久而沒有發飆，肯定是一位相當溫柔的人吧？」

「啊，對呀，是個比妳好上千萬倍的人。單就用詞遣字這點來看的話。」

雖然有時候挺滿不講理的，但總會充滿耐心地和我相處，即使有時候態度差到連自己事後回想起來也覺得丟臉，她依舊笑臉以對。這樣看來，唯羽也算是相當寬宏大量的人了。

「你如此努力改造電腦，也和那位唯羽學姊有關係嗎？」

「……天曉得。妳說呢？」

我淺淺地彎起嘴角。

「這個答案可得等到約定履行的那天才能夠告訴妳。」

瞳的嗓音也透出淡淡笑意。

「至少你說話的技巧比起初次見面的時候進步不少，我期待你能夠說出滿分回答的那天。」

雖然世界末日可能會先到來就是了。

「妳的話倒是和初次見面的時候一樣，老愛說出一些令人完全笑不出來的話。」

「啊啦，這可真是不錯的讚美。」

瞳輕聲笑了。

「今天時間還挺早的，要不要繞點遠路？」

「妳今天的心情似乎挺好的……」

那是瞳第一次無關交易的私人邀約，與其說受寵若驚，戒慎恐懼更符合目前的心情寫照。

「我聽說學校附近有一家新開的可麗餅店，去嗎？」

「啊……價錢並非一般學生負擔得起的那家店？而且味道也只是普通而已。」

「你肯定是個沒女人緣的傢伙吧，小瞧可麗餅的人總有一天會後悔的。」

「拜託妳別殺氣騰騰地講出那種話好嗎，按照妳的個性，不是應該對甜食不屑一顧嗎？」

「只要是女生都喜歡甜食！」

一匹狼的妳又認識幾個女生啦，別拿自己少得可憐的分母當作世間標準好嗎。

敵不過這份氣勢，選擇妥協的我還是陪瞳到可麗餅店解決晚餐。

雖然她依舊一副冷淡貌，不過看得出來正在努力壓抑興奮感。大概是瞳沒有能夠陪她來這種店的朋友吧……雖然我實際算起來也只有唯羽一位朋友而已。

那次是我第一次和唯羽、母親與愛倫姊以外的人單獨用餐，也是第一次感覺稍微碰觸到瞳的內心的瞬間。向前伸出的指尖摸到似風似水的實體，卻又無法確實地掌握，只有一股淡淡的暖流從指尖經過掌心、手臂接著注入胸口，在心底溶解出一個為了瞳而存在的空間。

從那個瞬間，我就意識到自己再也無法將瞳當作無關人士對待了。

隨著相處的時間越久，零碎的日常瑣事也會逐漸堆積成為珍貴不已的重要事物。

這個正是我一直以來不斷避免的事情。

當世界末日來臨的那天，一切的羈絆感情都將化為毫無意義的宇宙塵埃，為此費心勞神的人無疑是傻子。不過這樣看起來，我似乎也走在傻子之路無法回頭了。

我在回家的途中忽然想起這件往事。

明明只是數天前的事情，卻好像過了很久，久到和唯羽的記憶混淆在一起，腦海甚至浮現出我們三人和樂融融地在可麗餅店共同用餐的畫面。信誓旦旦地宣稱可以吃完特級加大份量的瞳，訕然說著風涼話試圖阻止的我，以及露出發自內心的和煦笑容、注視著快要吵起來的我們的唯羽。

那份畫面太過鮮明銳利，即使知道會因此流血，我還是無法遏止地一次又一次地回想。

✣

當季節正好進入一月的那天，這座城鎮迎來今年第一場暴風雪。

據說舊時代的人們會大張旗鼓的慶祝新年，活動將會持續數天至數周，可說是舉國歡慶的重大節日，但就我個人而言，進入新的一年改變的只有月曆和越來越冷的溫度，實在不懂這兩者有什麼值得紀念的地方。

幸運的是，雖然慶祝的詳細內容沒有流傳下來，但放假休息的習俗卻保留至今。所以不需要去學校，這點真是令人感激。人們會將自己認為最重要的事物盡其所能地保存傳遞，似乎真的是這樣沒錯。

愛倫姊也好不容易請到三天連假，在家裡……正確來說是我家，懶散地躺在沙發上一動也不動，澈底進入冬眠的狀態。既然如此就去客房睡啦，那邊還有床鋪更舒服不是嗎。我每次經過沙發的時候都會這麼說，然而愛倫姊至多就是半舉起手臂充當回應。

不過三天連假的隔天清晨就收到加班通知，令愛倫姊發出一陣彷彿從地獄深處發出的餓鬼悲鳴，吵得我睡意全消。要不是附近沒有鄰居，否則肯定會被檢舉。

我睡眼惺忪地走出房間，正好看見換穿好一身俐落套裝、正在泡咖啡的愛倫姊。

「咦？你也這麼早起，別浪費美好的賴床時間啊。」

要不是某人的悲鳴，否則怎麼可能這麼早起床。我不禁暗忖，然而被吵醒導致微微頭暈的我沒心情講話，只是點了個頭。

「那麼我要去加班了，你就連我的份一起睡飽吧。」

「……路上小心。」

想過繼續去睡回籠覺，可是醒來之後就睡不著了。頂著發暈的腦袋，我泡了最後一包咖啡，花費將近一個小時放空似的坐在沙發慢慢喝完，接著整理好行李就起身往唱片行出發。

大概是門窗緊閉的緣故，唱片行裡面顯得溫暖許多。瞳那傢伙倒也不嫌麻煩，特意將窗戶的缺口都用帆布封好了，塌了一半的大門也立了好幾塊木板遮風，櫃檯上方甚至放著一小台煤油暖爐，不禁佩服起如此周到的準備。

不過……這傢伙該不會在這裡住下了吧？

我望著櫃台角落的棉被以及不知不覺間增加的私人物品陷入沉思。根據瞳的個性，似乎挺有可能的。詢問她之後可能會得到「昨天待到太晚了所以懶得回去」或是「反正今天也會過來不是嗎」之類的理由。

再怎麼說，女孩子一個人在這種地方過夜也太不謹慎了，不過如果我有責備瞳的勇氣，大概也不會在這種地方鬼混了。

大概仍然覺得很冷的瞳將雙腳都放到椅子上，肩膀披著一件外套，整個人縮成一團。明明可以身穿短裙在寒風下昂首闊步，為什麼又會怕冷成這個樣子。真是不解之謎。

「瞳，新年恭喜。」

「那種你連含意都一知半解的舊時代招呼語就省省吧，和廢話無異。」

現在我對瞳的言語也有一點免疫力了，笑了笑說：「還是一如去年的毒舌外加反社會呢，但是根據某位著名學者的說法，人與人之間的交流都是從廢話開始的喔。」

「還算有點道理，不過對那位學者的論點，我還是持反對意見，因為——」

「啊啊，暫停暫停。話題還是就此打住吧。新的一年用哲學問答當作開始，感覺接下來的日子會很累。」

「明明是你先提起的。」瞳皺眉。

「很抱歉選擇了錯誤的話題。」

「世界上有三件事情無法用道歉解決，分別是對別人做的事情、做了會後悔的事情以及無心之過所造成的事情。」

「所以就說別提哲學類型的話題了，我可不想在新年的第一天就死了一堆腦細胞。」

「我倒是認為學長的大腦根本沒在使用，與其讓腦細胞自然死亡，不如多思考一下人生的意義。」

我以沉默表示暫時不想和瞳交談的決心，動用蠻力將她連同椅子拉離櫃台，鑽到櫃台底下將線路接好，搬出主機螢幕，再啟動發電機。

「……我很早就想講了，你能不能對那個發光的鐵塊想點辦法啊。很吵耶。」

「我之前是有想過重新做一個，不過後來發生許多事情，發電機就拋到一邊了。要不我進行口頭指導，妳幫忙做一個新的吧。反正妳在旁邊閒著也是閒著。」

「嚴正拒絕。」

本來就只是隨口問問，當下便打算停止這個話題。不料瞳卻緊皺眉頭，繼續說：

「我從來不嘗試自己沒有興趣的事情。追根究柢，人們做的事情都是為了某個人，所以才會產生自願和非自願，孤單一人的我沒有那種困擾，所以只會做有興趣的事情。」

說得沒錯。就算是義務教育的讀書，也是不是為了興趣，而是為了包含自己的某個人而做的。為了讓父母安心、為了未來自己的前程、為了得到周遭人等的欽佩讚美。理解歸理解，站在學長的立場卻也不能夠全盤同意學妹的這份偏激言論，只好保持沉默。

「換句話說，我無法理解那些為了其他人而犧牲自己的傢伙到底在想什麼。不管有再重要的理由，自己得不到好處那就毫無意義。你不這麼想嗎？學長。」

「我瞭解，妳看起來就像是將自己擺在世界中心的類型。這點從第一次見面就察覺到了。」

對此，瞳露出微笑。

「講話真不客氣。我詛咒你的改造作業遇到瓶頸。」

「不要講那種恐怖的內容啦！」

片刻，瞳怡然自得地喝完罐裝咖啡後才重新開啟話題。

「怎麼了嗎？看你的表情活像是生吞了一隻蛞蝓。」

「真感謝妳創意十足而且爛到爆炸的譬喻。」

我試圖讓混著冰冷的諷刺沖走內心的煩躁感。可惜沒有成功。

「所以呢？請不要讓我重複相同的問題兩次。」

「妳的詛咒成真了。」

我懊惱地往後將腦袋抵在牆壁，悶聲說：

「仔細想想打從一開始進度就卡住了。我原本以為只是小問題，沒想到試了這麼久依然沒辦法讓兩邊的訊號連接在一起……我想過可能是連接器感應不良所造成的，手邊拿得到的零件都是舊時代留到現在的骨董，會這樣也不奇怪。」

「關於機械的話題聽不懂也懶得去聽懂，不過至少情況很嚴重的訊息成功傳達給我了。」

瞳瞄了我一眼。

「那麼該怎麼辦，放棄嗎？」

「嗯，妳說出了絕對不會做的那個選擇。」

我嘆了口氣，毅然說：「最慘就是將之前全部的程序都重新檢查一次，確定是否有錯誤。這樣做總會發現新的突破點。」

當然，這是最樂觀的思考。如果是由於零件本身的毀損導致感應不良，那麼即使全部重做也沒用，除非能夠找到替換的零件，否則進度將永遠卡在目前的地方。

如果要直接製造零件的話……太困難了。憑我一個人就算花費數個月的時間也不一定做得出來。那可不是埋頭苦幹就能夠解決的事情，原料、工具都需要特殊管道才能弄到手，遑論不曉得是否有記載在書籍的製作方式。

「聽起來是浩大的工程呢。繼續加油吧。」

瞳敷衍地說完便繼續看小說。我不禁對一秒前的自己苦笑。

說得也是，自己在奢望什麼啊？向瞳抱怨示弱也不會改變現狀，說到底，能夠進行改造的人也只有我啊。

唉……看來只能重頭檢查一遍了。

正好我最適合這種埋頭苦幹的工作，因為什麼不用想，只要雙手別停下就好了。

煤油暖爐的中心處泛著紅青色的亮光，向四周發送微微熱氣。

發電機的嗡嗡聲響不絕於耳。

等到檢查告一段落的時候，窗外已經全黑了，而我的心情也蕩到谷底。

完全沒有發現錯誤。

究竟是自己的知識量不足，還是零件本身的問題，到現在依然無法確定。現在的我只想回家蒙頭大睡，暫時忘掉這個令人心煩的問題。

「……今天差不多到這裡，我先回去了。妳如果在這邊過夜也要注意安全啊。」

瞳闔上文庫本，靜靜地問：

「那個問題解決了嗎？」

「還沒……接下來有的忙了。沒想到居然會在最後關頭遇到可能功虧一簣的瓶頸。」

我裝模作樣地苦笑，不想讓瞳察覺這份窘境。

「那麼我先走一步了。」

我再次這麼說，一心想要遠離唱片行。

「等等，你並不趕著回家吧。跟我去個地方。」

「……什麼？」

瞳不理會我，逕自超越我走出唱片行。已經稍微習慣了她的任性，我無奈跟上。

這時外面的氣溫已經降到零度以下，瞳卻一如往常地穿著制服短裙，相當自然地走在城鎮街頭。明明剛才在唱片行縮成一團？女生的想法果然難以理解。

我拉緊大衣，忽然想到如果身邊的人是唯羽的話，這種時候早早就搶走我的大衣了。不過現在在我旁邊的人是瞳，按照她的個性，即使脫下大衣交給她也只會露出微妙的嫌惡表情打量著我，再用狠毒的言語拒絕。

不知道從何時開始，我已經可以冷靜回想有關唯羽的記憶了。

發覺她的大方向朝著舊首都的內側區域，我不禁詢問：

「妳到底要去哪裡？」

同樣身為共犯的我不必擔心會被瞳舉發或陷害，然而仍舊有些不安。

「戳破期待這種事情確實很有趣，不過我今天不想那麼做。」瞳這麼回答。

不久後，我們來到禁入區域的邊界，瞳卻依然沒有停下腳步的跡象。

難不成還要再深入嗎？到舊首都的都內？

再往前的區域，高層根本不需要設置警告標語或柵欄，因為前方是只有犯罪者與精神不正常的人才會踏足的區域。舊文明時期殘留下來的放射性物質即使經過千百年仍未消失，盤據在肉眼看不見的位置靜靜釋放出摧毀生物細胞的污染射線。

我卻步地佇足。瞳則是多走了幾步才止住腳步。

轉頭的她露出看透我內心的眼神，似笑非笑說：「虧你還真的相信高層放出的假消息。」

「……根據舊時代的文獻，並非憑空捏造的可能性相當高啊。那可是能夠摧毀輝煌舊文明的廣域殲滅武器，殘留這樣的威力並不稀奇。」

「好吧，是我的問法錯誤。讓我換個說法。」

瞳停頓片刻，接著用比呢喃更微弱的嗓音開口：

「若是真的有影響……又有什麼關係呢？」

——反正世界末日也快到了。我從瞳輕咬的嘴唇之間讀出這句沒有化成言語的結論。

真是一個最棒的說法，同時也是一個最不負責任的說法。明明不該這麼做，我卻忍不住在心底喝采。

缺少了未來與夢想的我們，唯一獲得的特權就是不必對往後的人生負責。

這樣的特權值得嗎？我不想以半吊子的心態做出判斷……不過其實這些都只是漂亮話罷了，因為若是思考後得出否定的答案，那麼我恐怕會直接從最近的建築物頂樓往下跳吧？

瞳說完後，不再理會我的反應，自顧自地繼續前進。

我對此所做的回答就是跟上瞳的腳步。

雖然街景和外圍區域並無太大變化，但是有種微妙的氣氛差異。建築物被破壞得更加澈底，幾乎沒有完整的建築物。不過道路似乎被大規模地清理過，並沒有巨石或倒塌的建築物等嚴重阻礙前進的物體存在。

瞳並不只走在主要街道，有時候也會會拐入兩側倒塌的大樓當中，彎著腰在傾斜的天花板底下前進，或是踩在倒塌建築物的外圍圍牆頂端行走。雖然坡度很緩，然而可以確定我們正在持續朝向高處前進。

溫度因此降低許多，我摩娑著手臂取暖，拉緊大衣衣領。穿過某個類似室內天橋的寬敞走道時，透過只剩下窗軌的落地窗向外看，廢棄的鐵軌路線如同血管一樣佈滿整座都市。

——這裡就是舊首都的中心吧？真是壯觀。

前方的瞳不曉得是看慣了或者單純不屑一顧，只見她凜著俏臉，連瞥上一眼興致都沒有，快步往前走。

但是我隨即發現她緊握的拳頭正微微顫抖……可以在下雪天穿短裙的瞳絕對不會怕冷，換句話說……她有懼高症啊？既然如此為何還要挑選這種路線？

我嘆了口氣，雖然想過和聊天好轉移她的注意力，但總覺得會碰軟釘子，想想還是作罷。

幸好我們很快就通過了離地十多公尺的室內天橋返回建築物內部，踩著樓梯往下走。

等到我們重新踏足大地的時候，猛然有一股難以言喻的肅殺氣氛纏繞住身體四肢，令我感到呼吸困難。周遭幾乎遮蔽天際的高樓大廈營造出莫大壓迫感，遠勝於至今到過的任何場所。

凜冽狂風從高處夾帶著宇宙塵埃、雨雪與過往時光，呼嘯墜落街道，削減掉我們的體溫之後再度遠去。

——我正站在舊首都的土地。

不是鄰近區域、也不是高層擅自更名的生活區域，而是真正的首都街道。

這裡是舊時代的首都，同時也是集政治、文化、經濟薈萃的繁華都市。

這個想法極為不真實地環繞著我。儘管已經從課本瞭解到許多關於舊首都的知識背景，腳踏實地的堅實水泥地卻讓我產生一種與舊時代連結在一起的錯覺。

「接下來麻煩你保持安靜，不要發出噪音。」

明明一路上都沒有交談，瞳卻還是嚴肅警告。我應了聲表示理解。

穿過隱藏在某棟大樓地板的通道，走在微傾斜的下坡好一陣子。這時我遲來地注意到她的右手放在口袋，裡頭隱約有銀光閃爍。

帶著刀械嗎？而且看起來不像美工刀、水果刀或剪刀，而是為了砍殺製造出來的軍方刃物。

這傢伙到底是從種管道入手那種高程度的管制品啊？

當我們進入地下道之後，濕潤混濁的空氣緊黏著皮膚。明明位於地底，然而高度兩尺有餘的寬敞通道聳立在眼前，兩側每隔數公尺設置了一個昏黃燈罩。呈現橢圓形的光暈迷離地往前延伸到看不見盡頭的黑暗。道路正中間則是黯沉混濁的排水道。

難不成舊首都底下全是這種盤根錯節的排水通道？太驚人了，舊時代的文明果真遠超越現今的科技。究竟要多高的建築技術才能夠在不讓地面建築物塌陷的情況下開鑿如此巨大的空間？周遭也沒看見發電裝置，那些燈光又是如何維持能量的？有別於太陽能的半永續發電裝置嗎？

我忍不住發出壓抑的讚嘆，抬頭觀看鋪滿天花板的管線裝置，腳下卻不小心將踩了個空，差點摔進排水道。幸好身旁的瞳即時拉了我一把。

不過我因為吃驚而發出的叫聲敲出陣陣回音，迅速向外擴散。

遠處逐漸響起斷斷續續的模糊回響。

瞳瞪了我一眼。凌厲的視線嚇得我趕緊低頭認錯。

「據說舊首都的地下通道可以通到所有重要建築物。換句話說，你剛才製造出來的聲音或許會讓數公里外的人知道我們的位置。」

瞳冷冷地警告。

「要是引來某些好事之徒，我會立刻從密道離開，後果你可要自行負責。」

「喔、喔。」

「……話是這麼說，現在也只有少數會在舊首都亂晃的人知道這個地下網絡，沒意外的話很難遇到人的。」

瞳說完後低聲補充：

「所以一旦遇到的話肯定會演變成很麻煩的情況。」

說的也是，我姑且也算常常在黑市打滾的人了，卻從來沒聽過關於舊首都的地底存在著如此壯觀的空間。

「抱歉。」

我低低地應了聲。

「安靜就好。」瞳似乎也不太清楚這裡的道路。只見她總是停在轉折處思考許久才決定前進的方向，有時候甚至將臉湊近佈滿苔蘚的牆壁，一副想看穿那層灰綠色的植物看到後面的指示牌似的。

沒問題吧？如果在這種地方迷路下場應該很慘。我望著之前走過的路線，卻早就記不住自己究竟是從哪個轉角轉彎的了。

「走這邊……大概。」

我可以詢問那個大概是什麼意思嗎！

不過瞳的答案很顯然是否定的。她完全不理我的懷疑表情，繼續前進。

扣除最初的震撼，地下排水道的設計幾乎沒有變化。縫隙長滿苔蘚的灰黑色壁磚、由不明能源驅使的淺黃色壁燈、水流表面漂浮薄冰的排水道。某種淡淡的臭味在空氣中揮之不去，我經過好一會兒才意識到那個味道和廢棄大樓的味道聞起來很相似。

沉默走了好一陣子，眼前豁然開朗。

通道的高度寬度猛然拓寬，設計和裝潢很顯然有別於簡單的排水用途，反而相當接近交通工具的月台構造。我遲來地理解自己剛才其實只是走在某條小通道而已。

而原本位於道路中央的排水道已經消失，由數條鐵軌取而代之。

舊時代的科技再次讓我感到無比震驚。以一介高中生的角度來看也明白在地底建造鐵路的諸多益處，為什麼現代的人都不曾這麼想過呢……或者說即使有相似的構思出現，現存的科學技術也無法將之化成現實？大概就是因為如此吧。

瞳卻似乎不理解鐵軌背後所代表的意義，看也不看一眼，專注地在同一個區域來回走動。

我亦步亦趨地跟在後方，經過好一段時間才發現這裡並不只是月台而已。剪票閘門外面是一個比起中央公園更加寬敞的區域，雖然難以避開歲月侵蝕的痕跡使得有些區域崩毀、傾倒亦或是成為不明蕈類植物的溫床，然而仍舊可以分辨出主要大廳、兩排的店家以及為數不多的大型裝置藝術品。

片刻，瞳跨越剪票閘門，繼續走動十多公尺之後才停下腳步。面前是一扇被污垢與青苔所覆蓋的鐵門，旁邊有一個往內凹陷的長方形缺口，推測是商店店名的名牌放置處，不過此刻積了一灘漾著奇異光澤的黑水。瞳從衣服內側的口袋拿出一把鑰匙，插入鑰匙孔後推門而入。

裡面一片漆黑，不過瞳卻熟門熟路地摸黑踏入其中，喃喃自語著操作著某些物品。接著便傳來低頻率混合的雜音，很像是各種自製發電機發出運轉時的聲響。下一秒，驟然出現的亮光暫時癱瘓了我的視覺。

等到視覺再次恢復的時候，我發現門邊堆著許多台由各種零件雜亂拼揍而成的發電機，抬頭之後則是被更加壯觀的景象震懾住了。

莫約三層樓的室內是劇場似的圓拱型。天花板懸吊著一盞極度華麗的巨大水晶燈，透過一條從發電機橫越半空中的電線，發出有如月色的朦朧光芒，輕柔灑落。環狀放置在四周的書架擺滿無法估計數量的書籍，中央則是排列整齊的金屬桌椅。這是我首次在一個場所看見如此龐大的藏書量。雖然不曾去過，然而我認為這裡或許比高層官方圖書館的館藏更加豐富。

我緩緩地轉動身體好看清楚四面八方的景象，某種莊嚴肅穆的情緒從下腹部油然而生。

「這裡是……？」我帶著敬意詢問。

「舊文明時代遺留下來的某座圖書館吧。大概因為建築在地底的關係，沒有遭受到太多的破壞，也幸運逃過被高層搜刮一空的命運。」

瞳隨口回答，逕自走到座位區，拉出一張椅子坐下。

「你可以在這裡找到那個問題的解決辦法吧。」

「感謝妳帶我來這裡……我會努力的……」說著文不對題的回應，我踏入書架之間。

書架的擺設方式和唱片行幾乎相同，架子堆滿了文明的結晶。唯一的差別在於這裡留下的是文字而非音樂。我用指間瀏覽過一本又一本的書脊。陳年的灰塵傳來綿柔的奇妙觸感。

我屏氣凝神地向前走。放輕了力道，生怕腳步聲會驚擾沉寂的空氣。

有種奇妙的味道在鼻尖徘徊不散，好一會兒才意識到那應該是油墨揉合時間發酵的味道。內心湧現想要看遍這裡所有書籍的衝動，幸好僅存的理智提醒著自己現在必須以改造電腦的事情優先。我繞過一排又一排的書架。書架的末端位置都掛有黑底的金色英文單字。大概是書目的分類。可惜我的英文從來沒有及格過，完全看不懂。幸好直接取出書稍微翻閱就可以大致推論出內容和分類。

直到二位數的書架時才發現電腦相關的工具書。我在書架前駐足許久，戒慎崇敬地翻閱每一本記載著久遠知識的書籍。

如果將書籍帶回唱片進行對照，肯定可以大幅縮短速度。但是卻有一股極微弱的聲音阻止自己那麼做。這些書籍是應該存在於這裡的物品。只能存在於這裡的物品。就像內側刻蝕著人類無法以視覺分辨的音樂的黑膠唱片一樣。

在沒有黑膠唱片機可以撥放的現在、在舊文明已經徹底沒落的現在，人類不應該將這些近似於奇蹟才遺留下來的知識任意帶到外面。所以我只是努力記下所有的步驟，然後將書本放回那個屬於它的空位，拿起其他的書籍繼續低聲背誦。

不曉得時間過了多久。直到手指僵硬發麻的時候才猛然回神。位於地底不曉得多深位置的圖書館沒有窗戶，無法依靠光影的變化來判斷時間的流逝速度，然而在舊首都都內待太久可不是什麼好事。時間過得越久越容易撞見沒有預料的意外事件。

我依依不捨地將掌心的書籍放回書架，快步離開。

返回座位區的時候，坐在椅子的瞳維持著單手撐住臉頰的姿勢閱讀。連接在桌邊的小燈泡照映出一小片的光暈，正好將瞳包裹在一層若有似無的微光當中。

黑髮漾出波紋似的淺淺光澤。

過了一會兒才注意到我站在旁邊，瞳用食指壓住書角，暫時充當書籤。

「……要找的東西找到了？」

「嗯，還意外看見了一些知識，說不定能夠提早完成改造作業。」

「太好了，那樣就回去吧。」瞳說完，毫不戀棧地放下掌心的書，起身準備離開。

「不用將那本書歸位嗎？」

「放著不管就行了。只看放在桌上的書偶爾也別有一番趣味，對於少數知道這裡的人而言，這個也算是某種不成文的默契。」

聳肩解釋的瞳在鎖上鐵門之後不放心地多拉了幾下，確定鎖好了才將鑰匙放回胸前口袋。

我有一瞬間盯著瞳收放鑰匙的位置久久無法移開視線。那所代表的意義重重壓在我的心上。出於一股尚未釐清的情緒，我脫口詢問：

「妳……打算一直保管那把鑰匙嗎？」

「不然呢？」瞳明顯流露出「這是什麼蠢問題」的眼神。

「沒有想過其他的選擇嗎？」

「譬如？」瞳明明知道答案還故意如此瞇起眼睛反問。

「如果告訴高層的話說不定能夠獲得一大筆賞金，或許還能夠因此得到保送到優良職位的機會耶。」

「所以……那又能怎樣？」

第二次的反問將我駁倒了。

明明胸中有成篇的成熟理論能夠反駁，我只是張大了嘴無法發出聲音。因為我也是那麼想的。畢業之前就得到優良職位，從此前途一片光明，然後呢？又代表什麼？

支支吾吾了好一會兒，我只好換了話題。

「真虧妳能夠找到這種地方。高層對於舊文明的調查從未停止，然而可從來沒有聽過位於地底的大型圖書館之類的謠言。」

我忍不住再次懷疑瞳的身分。若是說湊巧發現圖書館還有可能，不過連鑰匙都拿著就有所蹊蹺了。

瞳輕描淡寫地聳聳肩。

「因為他們的想法錯了。那些高高在上的學者們永遠不會明白計算概率與分析資料毫無意義，即使他們能夠解出構成世界原理的方程式，也無法理解簡單直接才是尋找答案最快的路徑。而說巧不巧，只有少年少女會使用這種最笨可是最有效率的方法。你覺得是為什麼呢？」

「我可不認為每位少年少女都有辦法找到一座圖書館。」

「可以的，因為他們是笨蛋。」

「……妳只是在信口敷衍，壓根沒打算說出真正的答案吧？」

瞳露出「猜對了」的表情，不過忽然收斂神色，低聲說著「安靜」並且握住手腕強拉著我從剪票閘門移動到旁邊的梁柱死角，同時凜起俏臉，露出野獸般的凶狠眼神，牢牢盯向晦暗不明的大廳深處。

「……有腳步聲。」

「是軍方或高層的人嗎？」

我放輕音量，同時不禁起了雞皮疙瘩。如果被當場抓到進入這種等級的禁入區域，後果不堪設想。

「應該不是……不過那樣或許更糟。」

儘管對於這個莫名奇妙的回答一頭霧水，但是瞳全神貫注地警戒著，使得我無法開口詢問究竟發生了什麼事。

我學著瞳緊盯著通道彼端，但是除了一片漆黑之外就看不見其他東西了。

「很接近了。腳步聲以外還有交談聲，軍警人員不會如此無紀律……是『香格里拉』的人。」

雖然略有預感，我還是忍不住倒抽了口涼氣。

「如果被發現，下場……會很慘嗎？」

瞳冷瞪了我一眼，將手橫放在我胸前，壓低音量說：「你閉嘴躲好就行。他們應該只是抄捷徑要去下一個月台的大廣場集會，如果沒有突發狀況不會繞到這邊來。」

我聽話地連呼吸都放輕，胸口卻不爭氣地狂跳。

如果被發現的話該怎麼辦？我有辦法一邊保護瞳一邊逃跑嗎？

少年少女們的談話聲逐漸接近，混雜著大聲嘻笑與打鬧的聲音。

我緊貼著牆壁縫隙，在心底祈求那群人快點經過。

又過了好幾分鐘，吵雜聲漸去漸遠。等到再也沒有聲響傳出，瞳謹慎地探頭觀察後才吁出一口長氣。

「已經離開了。能夠提早察覺真是幸運，否則可能得花上一整晚的時間逃跑，況且剛才裡面似乎混有幹部階級的成員，那種人數的圍追截堵再加上幹部的指揮，光是想像就覺得笑不出來。」

我這個時候才發覺後背已被冷汗浸濕了。

「嗯，真的很幸運……話說回來，妳似乎對他們很瞭解？」

不曉得是否察覺到我的隱喻，瞳的動作一滯，那雙總是在仰望天空的眼瞳迅速轉向我，眉頭緊蹙。

「別、別想太多啦，這種地方是他們最佳的集會地點，這點即使是我也想得到，只是……」

踩到地雷了嗎？我趕忙補充澄清，但是於事無補。

瞳淡淡地垂下眼簾，隔了半晌才幽幽地說：

「畢竟我也是他們的一員，擁有這種程度的瞭解理所當然。」

「妳是香格里拉的成員？」

我訝異得不禁提高音量，接著立刻用手摀住嘴巴。

瞳的回答是直接掀起上衣，白皙的腹部頓時一覽無遺。率先映入視野的是慘白到隱約透出青藍色血管的皮膚，緊接著，我注意到在肚臍旁邊有一個片翼的羽毛刺青。

代表香格里拉的刺青。

無可偽造、無可辯駁的證據。

瞳難受地閉起眼睛，彷彿血液透過那個青藍色的紋路向外流出、連同體溫一起灑在無機質的地板。她就這樣任由我的視線砸落在刺青之上，表情好像我的目光刺穿了那層薄薄的青藍色、在皮膚底下狠狠地攪翻內臟以及想要隱瞞的過去。

不對，這不是我的本意……我只是略感好奇，並不想追根究柢到這種地步！

彷彿有根燒紅的鐵棒刺入喉嚨，我用手掌按住脖子，似乎這樣就能減輕那股灼燒內壁的乾澀。思緒飛快地運轉，思考這種時候該提出的問題，但是除了快要燃燒的錯覺之外我無法得到其他的想法。

打破沉默的人一向不會是我。

即使對方不是唯羽，我也依然處於被動的狀態。

「……別露出那種快要哭出來似的表情，真丟臉。」

「我、我才沒有。」

「這種時候反駁只會產生反效果。」

淡淡地豎起食指阻止我繼續說下去，瞳的眼神一瞬間變得迷濛，就像在回憶某種至極的甜美感受，用手掌輕輕撫摸著腹部。

「我不否認因為這個刺青而有過一些惡劣的回憶，然而我也從未想過要消去。畢竟這個刺青也是我與唯羽姊的連結……當初唯羽姊就是因為刺青才會來向我搭話。」

「慢、慢著！妳也認識唯羽？」

知道與認識雖然相似然而可是雲泥之別。

雖然瞳早就知道我和唯羽的事情，不過我以為那些都是從諸多謠言聽來，畢竟打從那場交通意外登上報紙之後，全校學生就都知道我和唯羽的關係了。

緊接著，我注意到在不知不覺間，瞳對於唯羽的稱呼從「唯羽學姊」變成「唯羽姊」了。

「關於這點，我從來不曾向你確認過吧。」

瞳放下衣襬，讓布疋遮住那片刺入血肉的羽翼，收斂起方才流露的情緒，變回一如往常冷冰冰的臉龐。那張像是被凍結在寒冰之後的表情，令我無從分辨出喜怒。

但是這麼說起來也有道理。如果同樣身為香格里拉的成員，唯羽和瞳自然有機會見到彼此，進而發展出交情。

這麼一來也解釋了瞳願意幫忙的原因。

「看你的表情，似乎有許多問題。今天我就特別回答其中一個吧……無論是多麼難以啟齒的答案都會誠實以告，如何？這可是很難得的機會喔。」

瞳環起手臂，昂著下巴這麼說。

以往想要探聽瞳的私人事情時都被她輕描淡寫地避開，現在正是得到答案的絕佳時機，然而我卻忽然對那些問題都失去興趣了，深呼吸好幾次後，平靜問道：

「那麼……請告訴我，你們在集會的時候，真的會進行那種……謠言中的那些儀式嗎？」

瞳的眼神一瞬間變得相當縹緲，彷彿穿透我望向更後方的某個虛幻之物。好半晌，她才恢復成平時的面無表情，嘲諷地勾起嘴角。

「這麼難得的機會居然沒有好好把握。明明有很多的問題可以得到解答，你卻挑了一個可有可無的問題，白白浪費了我的心血來潮。先說清楚，下次可沒有這樣的機會了……現在還能夠讓你更改問題，意下如何？」

「我認為這是一個相當重要的問題。」

「好吧，既然你執意如此。」

瞳聳聳肩，略為沉思後以平靜的語調開口：

「世間對香格里拉有諸多誤解，不過我也無法否定那些曾經做過的奇妙活動……啊，如同你剛才的用詞，對內我們稱之為儀式。根據教主大人的說法，這麼做有助於擺脫日常繁瑣的煩惱，讓精神層面提升到更高更深的境界，從而解放累積至今的煩惱和痛苦，持續不問者甚至能夠到達和教主一樣的至高境界。」

「……什麼樣的至高境界？」

「據說是拯救這個邁向破滅的悲慘世界喔。」

說到這邊，瞳甚至大笑出聲，身體難以自制地顫抖。

「現在想想，認真講這種內容的我真像個瘋子，曾經深信不已的自己更是個徹頭徹尾的瘋子，不過成員們似乎都是真心相信教主的論點，一心一意為了抵達教主所在的境界努力修行，簡直就像人生除此之外就沒有其他值得努力的事情似的。換個角度來看，香格里拉或許是個充滿瘋子的集團吧。」

「妳應該知道我想聽的……不是這個。」

瞳猛然垂下頭，陰影讓我無法看到她的表情。

她的聲音依舊平穩。

「是的，雖然我不曉得你聽過什麼樣的謠言，然而都不會偏離事實太多……無論是耽溺於酒精藥物；對著莫名其妙的火光和塑像進行冥想；為了贖罪而使用刀械自殘；與初次見面的教友進行親暱的身體接觸；狀似瘋狂地整夜起舞歡慶；恭敬地朝拜教主或聆聽、背誦各種經典的內容，或許一時之間無法說得太過精準，大部分的儀式應該都提及了。追根究柢，香格里拉就是一個打著拯救世界而胡亂混雜了諸多舊文明宗教觀的組織……不曉得這些例子當中是否有回答到『你想聽的那個』呢？」

儘管早有心理準備，但親耳聽見的影響仍然遠超過想像。

心臟彷彿被粗暴地揪緊，轟然作響的耳鳴充斥腦袋，進而使得視野微微晃動。我必須捏緊拳頭用力吐息才能繼續用平靜的聲音說話。

「所以……唯羽也有參與那些……儀式嗎？」

「當然，她也是香格里拉的成員呀。」

簡短的音節伴隨著某種易碎品龜裂的聲音。我以往構築的形象被輕易擊毀成無法拼湊的破片。

煙霧繚繞的晦暗房間、嘶啞高昂的笑聲與歡呼、流淌在地板的混濁液體、搖曳縹緲的燭光以及趴在床鋪、香汗淋漓且張嘴輕呼的唯羽，包圍在四面八方的人影面孔卻都一片漆黑，只有宛如下弦月彎起的嘴巴特別顯眼——

這些影像鮮明地迅速掠過腦海。

宛如親眼所見。

我就像即將溺斃的人似的，掐著喉嚨大口喘息，接著才猛然意識到自己不知不覺間跪下了。

居高臨下的瞳戲謔地彎起眼睛，用食指戳著我的額頭。

「真是悽慘到無以復加的表情耶，知道青梅竹馬隱藏的另一面之後，打擊就這麼大嗎？追根究柢，唯羽姊可不是你的所有物，無論她做出什麼樣的事情，你都沒有干涉、阻止甚至感到任何的情緒變化的權利。」

「妳……誤會了，我並沒有那麼想。」

「隨你說囉，反正也不關我的事。」

瞳無所謂地聳肩。

「學長你難道能夠確定唯羽姊知道你所有的一切嗎？連那些深埋於心、從未訴諸言語的想法與情緒都了然於心嗎？反之亦然，唯羽姊也會有你不知道的一面，這不是理所當然的事情嗎？」

「……我已經說過了，我並沒有那麼想。」

我忍不住加重了語氣。

「那樣很好啊，反正瘋掉壞掉的都是這個世界，而連千萬分之一的世界碎片都不足的我們，也只是在破滅之前尋求一絲絲的歡愉罷了。」

我沒有對這番話做出任何評論。

只是靜靜地聽完，在腦中消化理解，然後將這段話存放在心裡的某個角落。

正如同我以往所做的反應一樣。

「……學長的思考迴路似乎不同於常人，至少你除了震驚之外並沒有露出其他情緒。」

瞳瞇起眼。

「更詭異的是現在連震驚也沒了，似乎只剩下淡淡的認同……你真的是人類嗎？你的胸口有著所謂感情嗎？不，應該問說你腦子沒問題吧？」

「因為妳說的很合理啊。」

瞳的視線一瞬間變得相當脆弱，隨時有可能被更加龐大的情緒摧毀。

「——不會因此瞧不起我們嗎？」

「如果妳們會感受到瞧不起的視線，那也是因為你們對自己所做的事情抱有自卑感，與我無關。我只是聽完一個現象，然後作出最符合常理的反應，僅此而已。」

「這就是唯羽學姐常掛在嘴邊的理性思考嗎。果然令人感到想抓狂的火大啊。」

我瞪了瞳一眼，慍怒反駁：「唯羽才沒有那樣說過。」

瞳卻游刃有餘地聳聳肩。

「誰知道呢，在你不知道的地方唯羽姊可是和我說了許多關於你的事情喔。」

故意要報復剛才的反應才故意這麼說的嗎？真是小心眼的個性。

「況且無論唯羽做了什麼事，即便成為了罪犯或殺人犯也罷，她仍然是我認識的那名少女，這點並不會改變。」

我緩緩地將想法組織起來，讓聲音從喉嚨深處發出。

「因為一直以來和我相處的不是香格里拉的唯羽，而是在學校頂樓努力練習薩克斯風的唯羽，所以無所謂。」

而那名多餘的關懷多到滿溢而出的少女會加入香格里拉也一定有她的理由，在無法追問本人的現在，我唯一能做的只有維持她原本給我的印象。因為那些時候的唯羽是真實的唯羽，也是她的其中一面……無論這一面佔據她的真實有多少都沒關係，對於我而言，她就是百分之百的唯羽。

瞳一時之間陷入沉默，只是以不忍看的哀傷眼眸凝視我。

良久，她才轉向晦暗不明的通道說：「差不多該離開了，再拖下去難免會有變數。」

「瞭解。那麼就麻煩妳帶路了。」

回程的路途似乎在眨眼間就走完了。重新回到地面時，大概是熬夜的緣故吧，我忽然有種彷若隔世的錯覺。與地底截然不同的景物似乎帶著詭譎的氛圍，爬過建築物頂端的光線刺痛著眼睛。

我張開手遮擋陽光，卻還是有一絲光線穿透縫隙，照在臉上。我忍不住瞇起眼睛。

真是漫長的一天。

聽見各種震驚的消息，感覺我的記憶、價值觀連同人生都發生了改變，世界卻維持著和昨天相同的模樣運行著。天空是不常見的青藍色，微弱的光線從雲的縫隙之間透下，就好像由陽光粒子所構成的階梯。

「——天使的階梯。據說是神祇向有資格得到救贖的信徒降下的啟示。一直以來都以為只是教主那傢伙信口胡謅的異常天氣現象，沒想到還真的有，而且沒想到第一次看見居然是在今天這種日子，真是備感諷刺。」

瞳低聲呢喃，接著抬眸說：

「這幾天學長可能見不到我了，因為有一些瑣事需要處理。」

「嗯，我知道了。」

就連說著藉口也聽起來像發自內心，瞳的偽裝工夫已經到達爐火純青的境界了。換作數個月前的我可能會相當羨慕這種技能，現在卻不知道擁有那種偽裝技巧該說是幸運還是不幸。

瞳毫不戀棧地轉身離開。途中完全沒有回頭。

始終凝視著她的背影的我用力眨眼，卻無法擺脫持續浮現視野的兩片青藍色羽翼。過度疲倦的腦袋也無法順利思考，只想躺在床鋪什麼也不管地蒙頭大睡。

儘管如此，嶄新的一天才正要開始。

Chapter 5:
Under The Skyblue

結果別說幾天，瞳連續兩星期都沒來唱片行露臉，不僅如此，就連學校或禁入區域的廢棄大樓頂樓也不見她的身影。

該不會她就這樣銷聲匿跡了？

如果瞳單方面地消失，我可沒有找到她的自信。

既然不想坦白，那就別說那麼多啊，我也不是非要知道她的隱私不可。早知道那個時候就該強力阻止她說下去的。重複著不曉得第幾次的懊悔，我一邊嘆氣一邊橫越寫著「禁止跨越」的黃色警告線，前往唱片行。

夜空的雲層很多，看起來就是快要下雨的模樣。套句舊時代風格的形容，簡直是不祥徵兆。純文學類的古籍中常常記載關於雨的美好描述，但是對於活在現代的人而言，根本無法明白那種含有劇毒的水究竟有哪裡值得歌頌。

為了避免被淋濕，我不禁加快腳步。但是老天爺彷彿為了印證方才的預感，應時降下驟雨，眨眼間就將街道廢墟掩蓋在滂沱雨勢當中。

我立刻躲入旁邊的屋簷避雨，不過光是這段過程就已經濕透了。

我單手擰著另一邊的袖子，試圖將雨水擰出。記得曾經在課本看過「瀑布」這個名詞，大概就是眼前的景象吧。

見雨勢一時半刻沒有停止的跡象，一直待在禁入區域的交界處可不是個好選擇，畢竟這裡可是軍警最頻繁的巡邏路線。我隨手撿起一塊不甚大的木板充當雨傘，遮住臉面後便往唱片行大步跑去。

當我好不容易抵達目的地時，活像是從淹水區域游泳過來似的狼狽不堪。

站在唱片行的屋簷的我思考著快速弄乾衣服的方法，不過裡頭忽然傳出一聲巨響，以及零碎的異樣噪音。

瞳在裡面嗎？但是平時連腳步聲都不太發出，今天卻似乎唯恐別人不曉得她在裡面似的……難不成還有其他人在場？或者說有陌生人擅自進去唱片行了？

我小心翼翼地探頭從窗戶的玻璃破洞窺探。裡頭漆黑一片，只能看見模糊的人影，同時有個極其微弱的聲音斷斷續續地傳來……是瞳在說話嗎？

等到眼睛適應黑暗之後，我因為意料之外的景象愣住了。

只見瞳坐倒在櫃檯前方的地板，面前有兩個站著的背影，從體格來判斷應該都是男性。雙方之間的氣氛顯然稱不上和睦。正當我遲疑下一步該怎麼辦的時候，較高的那名少年開口了。

「——居然敢向教主大人要求離開組織。妳也是最初的資深成員，難道不清楚背叛者的下場嗎？竟然願意捨棄那麼高的地位以及權利，真不曉得妳到底在想什麼。」

「……因為我已經找到比起一群喪家犬聚在一起互舔傷口還要有意義的事情了。」

瞳倔強地昂起下巴。

「所謂的意義就是待在這種爛地方嗎？就連總部的禁閉室都比這裡乾淨。」

那人冷哼一聲，隨手抽起一片唱片低頭端詳。

「這個也是舊時代殘留下來的垃圾吧？待在垃圾堆當中究竟——」

「別亂碰！那裡面包含的價值可是遠遠超過你那條爛命！是你一生也無法做出來的珍貴遺

產！再碰的話信不信我將你的髒手剁下來！放回去！」

瞳忽然放聲大吼，凜然的氣勢頓時壓倒兩人。不過那人很快便重整神色，似乎為了掩蓋方才自己竟然被嚇到似的，加重語調說：

「妳清楚自己的立場嗎？這裡可不是總部，不會有人替妳出頭。」

瞳這時也恢復淡然的表情，漠然說：「看來是這樣沒錯呢，像你這種只會盲從教主大人所言的笨蛋一輩子也無法理解我所說的話吧。」

那人驟然變了臉色，直接一拳往瞳的臉部揍下去，嚴峻低吼：

「不要以為自己仗著和教主大人有私交就可以口無遮攔！」

瞳此刻已經不再掙扎了。

她只是任憑鼻血緩緩流下，冷冷地狠瞪。

「……看妳的表情似乎完全沒有知錯呢。」

那人笑了出來，微蹲身體，右手按住瞳的下巴。

「也是，對付不聽話的傢伙，唯有以暴力令對方屈服，這也是教主大人的教誨，妳說對吧。如何？要來第二回合嗎？」

這時另外那名少年總算開口了。他侷促不安地拔尖聲音說：

「大、大哥，被發現的話很不妙吧，教主大人嚴令宣示過不准動他的人。」

「沒關係，這傢伙也沒有臉向教主大人告狀，否則到時候吃虧的是自己。居然想要脫離教團待在這種垃圾堆？真令人發笑！況且你其實也很想吧？每次只要這傢伙出現在教主身邊，你的視線就會飄過去了。」

感覺到內容有異，我愣了愣，下秒才驚覺瞳的衣衫不整。

該死的！為什麼沒有早點發現啊！

我立刻張望能夠當作武器的硬物，隨即握緊半截露出水泥磚塊的一根鐵棍，用力拽了幾下才成功拔出來。緩慢接近只是平白增加被察覺的機率而已，況且現在的情形刻不容緩。粗略地擬定好計畫之後，我用力朝窗戶扔了一顆石塊。

兩名少年頓時被玻璃碎裂的聲響嚇得全身一顫，立刻將雙手擺在胸前，警戒地張望四周。

「怎、怎麼了？有其他人嗎？」

「喂，你去門口看看。」

地位較高的那名少年這麼命令。另一人似乎有所不滿，遲疑過後仍然緩慢走向門口。

當他前腳剛跨出自動門時，蓄勢待發的我直接攔腰狠狠敲了他一棍。那人頓時抱著肚子倒在地板打滾，淒厲哀號。

曝露身分的我低頭往店裡衝去，在對方仍感錯愕的時候踩穩腳步，然後再次揮出鐵棍。雖然我並沒有特別瞄準哪個部位，但鐵棍相當湊巧地往對方頭頸揮去。

——糟糕！這下打實了或許會出人命？

我尚未決定是否該收力，不料對方反應迅速地彎腰避開，接著一拳重重打在我的腹部。

可惡，現在果然不是胡思亂想的時候。我痛得差點倒下。第一次打架才知道原來人的拳頭這麼硬。憑空亂揮好拉開距離，但是隨即意識到這麼做無異於自取滅亡。

我只是佔著偷襲優勢，毫無經驗的情況下拖久了只會越來越不利，必須速戰速決。

對方打架的經驗明顯比我豐富許多。只見他數個急促的吐息，順手抓起數片唱片向我射來。即使沒有太大的殺傷力也足以混淆注意力了，猝不及防之下我往後退了好幾步。當我揮開射向臉部的唱片後，便看見一張猙獰的笑臉，緊接著右臉再次挨了一記勾拳。

瞬間腦袋轟然一響，視線刷白到什麼也看不見。

根本一面倒地被壓著打啊！

當視野好不容易回復清晰時，那人的下一拳已經出現在鼻尖。明明知道不能害怕，我卻忍不住半閉上眼睛，等待即將炸在鼻樑的力道。

不料那人的動作卻突兀地滯了一拍，拳頭失之毫釐地擦過鼻尖。

雙方皆是一愣。

接著我看見癱在地板的瞳此刻正抓住那人的腳踝。

「妳這女人——」

那人低頭怒罵，抬腳打算踢開瞳。見機不可失，我這次完全沒打算留手，鐵棍直接往那人的後腦杓招呼下去。下一秒掌心傳來結實的手感。

那人搖搖晃晃了好幾秒，碰地倒下。

險勝的我喘著大氣走到瞳身旁，脫掉大衣扔到她的腳邊，盡量用毫不在意的語氣問：「沒事吧？」

「……嗯。」瞳拉緊了大衣，冷淡地用袖子擦去鼻血。

我假裝沒聽出她聲音的顫抖，轉而觀察四周。

不幸中的大幸是發電機以及電腦設備沒有損傷，看來他們沒有發現櫃檯底下的空間。除了幾片唱片之外就沒有其他損失了。

「在詢問細節之前，我先問一下，妳覺得要怎麼處理這個比較好。」

我繞回瞳的身旁，伸手指了指倒在地板的那人。

「放著不管。」

瞳冷淡地說。

「至於能不能活下去就看他們的運氣了。」

「慢著，妳該不會要放他們自生自滅吧？這種程度的傷如果沒處理說不定會死人耶。」

「死一死反而好吧。對世界而言。」

「我才不想聽這種莫名奇妙的詭辯。」

我只是想平凡地混日子。即使對方罪有應得，殺人那種事就算快要世界末日了也不會去做。

「呿，沒種。」

瞳低聲罵了一聲，接著用相當暗沉的眼神直盯著腳邊那人的手腕。

這時我腦中閃過方才瞳的話語，暗自懷疑這傢伙該不會真的在思考實踐剁手的威脅吧？

「……算了，真砍下去就結下血仇了。」

儘管瞳說得輕描淡寫，我卻暗自鬆了一口氣。暗忖如果瞳真的能夠不眨眼地剁下其他人的手，之後可不曉得該如何和她相處。

「那麼換我問你好了。你想怎麼辦？如果去報警的話，我們反而會被懷疑成嫌疑犯吧……嗯，雖然你確實是嫌犯沒錯。」

妳以為我是為了誰才動手的，真是忘恩負義。

「關於地點的轉移，你心裡有底嗎？」

「……什麼？」

瞳翻著白眼，沒好氣地詳細解釋說：

「後續處理方式暫且不管，既然這個地方被他們知道了，遲早會呼朋引伴地再度過來復仇，我們還是移動到其他地方繼續改造電腦比較好。」

「喔，原來如此，理解……那我先去將該收的東西收一收，妳幫我注意那些傢伙，先拿繩子什麼的捆起來。如果發現似乎快醒了就多補幾棍嚇唬、嚇唬。」

瞳不置可否地接下鐵棍，然後高舉過頭，一副就是要狠狠往下敲的模樣。見狀，我立刻衝回去抓住鐵棍，無奈嘆息。

「我說的是如果快醒了才需要補棍，不要隨便報私仇啦。不然敲死妳負責。」

瞳咂了聲嘴，倒是默默垂下鐵棍。

「……喂，學長。」

「又怎麼了？」

「外面那傢伙跑掉了。」

「啥？」我愣然轉頭，只見門口的位置早已沒有另外那人的身影。

「唉，所以說學長的思慮仍嫌青澀，只敲肚子當然不夠，至少也要打斷腿骨吧。」

「那時急著解決另外一人，哪有空閒補棍。別強人所難了。」扔給瞳一枚白眼，我沒好氣地分別用雙手抱起主機和螢幕，果斷開口：「快點走吧。」

「只帶那樣夠嗎？」

「現在跑為上策，有不足的零件幾天後再偷偷回來拿就行了。啊，發電機就拜託妳了。」

瞳不置可否地用雙手搬起發電機，率先踏出唱片行。我急忙跟上，和她並肩而行。

這個時候，我才發現雨停了。

視野只有些許烏雲以及遍佈地面的大小水窪。

不多久，瞳忽然開口。

「學長，你是處男嗎？」

「忽、忽然之間說什麼啦！」我急忙抱緊主機，以免因為震驚而讓其摔到地面。

「那麼我換一個問法好了，學長有交過女朋友嗎？」

「……無論有沒有都不關妳的事情吧。」

「從這個反應判斷就是沒有了。」瞳微微勾起嘴角說：「正好我也是。不過因為待過香格里拉的緣故，相關的經驗可是比學長豐富許多，肢體接觸就像吃早餐以及刷牙洗臉一樣稀鬆平常。」

我所知道的稀鬆平常才不會擺出那種表情，但是在此刻反駁並不是一個好選擇，所以我只是淡淡地說了聲：「……嗯。」

兩側垂落的髮絲遮擋住瞳的臉龐。

她的聲音就像撕裂了聲帶才好不容易發出的沙啞。

「類似的事情早就在儀式當中做過不曉得幾次了，剛才那種程度根本連前戲都稱不上。單純只是因為那個混帳太令人厭惡了，我才會感到不爽……就、就只是這樣而已……」

——別再逞強了，想哭想發洩的時候就別忍耐了。我這麼想，卻無法訴之於語言。因為換我站在她的立場，肯定也會倔強地忍住眼淚、不肯在他人面前落淚，只是忍耐、忍耐繼續忍耐，直到某一天超過了臨界值為止。

到時候我就會壞掉了吧？

還是在忍耐的途中就已經漸漸地壞掉了呢？

「……是嗎。」

直到瞳不再說話，我才看向她的臉龐。

她孱弱的呼吸聲彷彿敲打風鈴的那根繫木。每敲打一次就會連帶影響我的心臟，然而瞳的側臉卻看不見一絲淚痕。果然她的堅強超乎想像，雖然也有可能她和我一樣，只是單純地不善於表達情緒而已。

「——喂，你打算去哪裡？」

「那棟可以看見高塔的建築物。說是廢棄大樓會不會比較容易理解？」

接著就沒人再說話了。

我和瞳並肩行走。

水窪匯聚成的小水流在沒有任何人注意到之前消失在道路邊緣的縫隙，不久後，那些雨水應該會流進地底有如蛛網的巨大排水溝，然後一路往大海前進吧？

等到我們到達廢棄大樓時，我忽然想到，這裡是我第一次看見瞳的地方。不曉得她知不知道那個時候有個無聊的少年會偶爾看向她的位置、思考為什麼有個女生老是孤身一人到這種地方來？當她仰望夜空的時候又在想些什麼？

進入廢棄大樓後忽然湧起一股熟悉感。

說起來，自從第一次和瞳說話後，我就不曾來這裡消磨時間了。畢竟又要改造主機、又要收集各種零件、又要應付瞳，忙到根本沒閒暇時間可以過來發呆。

我有些懷念地望著斑駁的外牆。

今天意外地沒有任何人聚集在這棟大樓。

這時瞳忽然加快腳步超越我，搶先踏上樓梯。

咦？不搭電梯嗎？我趕忙追上去，跑了幾步後才想到瞳並不知道這棟大樓有電梯，畢竟她之前都是待在隔壁大樓的頂樓。

我們一前一後地登上階梯，搬運著重物的關係，速度實在稱不上快。那頭搖曳的長髮按著一定頻率左右搖擺，某種淡淡的香味隨著步伐飄散。其後，瞳用肩膀撞開鐵門，門板碰地反彈撞到牆壁再緩緩地闔起。

海風的鹹味迎面撲來，她有些恍神地望著夜空，走到欄杆邊緣俯視隔壁大樓，然後毫無預兆地側身躺下。長髮呈現扇形散開在地板。

我愣了愣，緩緩放下主機與螢幕，有些遲疑地在她旁邊一起躺下。

「……」

「……」

我們倆就這樣一言不發地躺在冰涼潮濕的地板。凍涼鼻腔的空氣鑽入肺部，似乎將胸口那股不知從何而來的煩躁冷卻不少。我忽然想起老師曾在課堂說過，舊時代的人們有著眾多將天上星星分類的方法。現代的人可沒那種閒情逸致，只有高層相關科別的人會以英文字母和數字結合的名稱來為星星命名。

「——北極星。」

身旁的瞳忽然以極低的音量這麼說。

「什麼？」

「在左上方，仰角大約三十度的地方，最亮的那顆星星的名字。在其他國家，也有佩拉若絲或是勾陳之類的名稱。」

「妳在圖書館看到的嗎？」

「嗯，畢竟學校不會教導這種和生活無關的知識。」

瞳說話的時候帶著一絲絲的輕蔑。下次我也試著去讀讀看其他領域的書籍吧，說不定會有意料之外的發現。

「學長，你現在正在思考下次去圖書館的時候要看其他領域的書吧。」

「……妳察言觀色的能力真的很討厭耶。」

「但是依照學長的價值觀，那麼做無異於浪費時間吧？即使你讀完了所有藏書，也不見得能夠運用在現實中。」

「即使那樣也沒關係。」

我們的對話中斷了。等到再次睜開眼的時候，我才意識到自己睡著了。而身邊已經沒有她的身影了。

什麼也不說就離開，也挺有瞳的風格。

主機、螢幕和發電機則是被搬到樓梯口，用著不曉得打哪來的帆布罩著。

天空邊際泛出淺白色的光暈，逐漸遮蓋星星的亮度，僅存天邊的半抹弦月仍清楚可見。

前一晚的情景彷彿走馬燈似的在腦中跑過。

就像是夢境一般，發生了許多我曾經以為不會發生在身邊的事情，不過最令我在意的還是那個人說的那句話。

——瞳與香格里拉的教主有私交。

這個可不是能夠一笑帶過的小事，嚴重點可能會演變成引起高層關注的關鍵情報。雖然不至於到被通緝的程度，但高層也不會給那些地下宗教團體的成員好臉色看，幹部就更不用提了，甚至常常聽說高層用莫須有的罪名逮捕重要幹部好削減組織勢力的謠言。

追問的話……我有那種資格嗎？應該說在那之前，我有勇氣踏過那條心照不宣的界線，詢問瞳關於她的私人情報嗎？

雖然如果按照唯羽的理論，這種行為應該歸類成「主動關心」。

正好是我最缺少的部分。

然而這個部分和不會看氣氛的差別又在哪裡？

話又說回來，反正結果早就決定了。

我這麼思考只是為了減輕自己的責任感，實際上依然什麼也不做。

還是睡覺吧，畢竟這是解決煩惱最快速的方法。

我翻了個身。這樣正好可以減輕最近的慢性睡眠不足。我這麼告訴自己，卻好像和某種似曾相似的感情重疊了。但我除了那是一種討厭的感情之外，就無法繼續分辨下去了。

✣

在等待主機板冷卻的時候無事可做，我隨手鎖上房門，踏到走廊。

從來沒有焊接經驗的我好不容易找到銲槍以及相關器材，嘗試了好幾次總算勉強成功，雙手卻也被燙出數個水泡作為代價。雖然改造作業稱得上進展順利，心情卻高興不起來。

今天瞳也沒來，不過畢竟都發生了那種事情，想要獨處、冷靜一下也是無可厚非。我開始計算已經多久沒有看見她了，最後得出三周的答案。一開始不甚在意的擔憂像是滾雪球般越來越大。

我放下主機板改坐到窗沿。不畏寒風的藤蔓爬滿了建築物的整片外壁，甚至踰越地往室內延伸，連窗軌與鄰近的家具也不放過。外面更是一片青灰的暗淡景色，感覺世界的色度減少了許多。

但是無論怎麼胡思亂想，最後還是會回到那傢伙身上。

她應該不會去自殺吧？如果待在這麼高的地方，說不定轉念一想就往下跳了。

這個忽然掠過腦海的可能性令我一瞬間寒毛直立。

不不不，雖然這麼想有點失禮，不過她的心理素質應該堅強到即使最親近的人在眼前被殺了依然連眼角也不會動一下的程度，反而會認真思考著該怎麼報仇。

現在她應該在某座大樓的頂樓，一如往常地仰望天空吧……然而如果不是那樣的話該怎麼辦？如果她現在正打算尋死呢？或者打算做出像是隻身一人就去反抗香格里拉的成員們之類的蠢事呢？

可是我現在又該怎麼辦？

在這座死城到處亂跑、尋找那個仰望天空的身影嗎？

——找到了又能說些什麼？

不斷繞圈的問題又回到了原點，說到底，我根本沒有必須去做的事情。

如果我輕率地問出「最近都沒看到妳，在忙些什麼？」或是「妳找到新的消遣了嗎？」之類的問題，肯定會被瞳更加鄙視的吧。

放著不管就行了。

就像一直以來的自己一樣。

就像當初的自己一樣。

自尋煩惱、自我折磨、自我厭惡然後感覺似乎減輕了什麼，不斷重複直到解脫為止。連我這樣沒用的傢伙都能夠從唯羽的事情當中振作，性格堅強的瞳肯定沒有問題。

明明只是毫無根據的想法，重複數次之後可信度似乎提升不少。

感覺只要連續三天這麼催眠自己，妄想和現實之間的界線就會模糊到連自己也無法分辨的地步。

我信步走到廢棄大樓的下方，忽然意識到那個常常會窩在長椅下睡覺的大叔有好幾天沒有看到他的身影了。不曉得是否找到更好的安身地點，還是已經被警察發現然後帶去收容機構安置了。但是正如同我秉持至今的觀點。那些都不關我的事。就算大叔凍死在角落，屍體被烏鴉啄食成小塊小塊的碎屑，我也只會淡淡地瞥上幾眼，繼續走自己的路。

我走出廢棄大樓，漫無目的地在附近閒晃。原本打算散散心放鬆的，不過實際行動的時候卻感覺自己在浪費時間，只要一直向前邁步就會感到成就感的理論根本只是胡扯吧，不如繼續待在房間內進行作業。

唉，還是繼續加油吧。

在心底為自己打氣實在很空虛，但我非得繼續做下去不可。

重新走回房間的時候，我用鑰匙打開門。畢竟這裡可不像唱片行那麼隱密，不時會有人來來往往，最低標準的預防措施還是不可不防。

當我踏入房間時，腳步卻滯了一滯。

似乎有哪裡不太一樣……

我環顧四周。率先檢查的重要機械都放在原地。發電機、主機和螢幕。我的大衣也掛在椅背。緊接著視線移向地板，而我的呼吸也跟著停了一拍。

地上放著一罐空罐。這時我才注意到略帶甜膩的咖啡味淡淡地飄在房內。

——瞳來過了！

閃過腦海的想法令我驟然站起、推開鐵門衝出去，飛快地一階一階踩上樓梯。抵達最上層樓梯的時候早已汗流浹背，雙手按在冰冷的鐵門表面卻遲遲不敢向外推。

如果這次不好好把握的話，說不定瞳真的會從自己的眼前消失。

手指在發抖。

心臟彷彿隨時會炸開。

憑藉著這種無異於妄想的猜測就衝到頂樓的自己是不是太傻了？但是正如同我不需要多加思索就知道瞳會待在頂樓，對於瞳而言，應該也有某種無法明確定義的羈絆連繫在我身上才對。我想這麼認為。

於是我推開鐵門。

天空的朦朧顏色夾帶海風的鹹味撲面而來，那個坐在欄杆旁邊的身影令我一瞬間止住呼吸。

她斜靠著生鏽的鐵欄杆，右手壓在耳畔，防止高樓的風將頭髮吹得遮蔽視線，脖子掛著極其顯眼的酒紅色耳機，掌心捧著一本小巧的書籍。

聽見聲響的她小幅度地偏移視線。

鋼琴黑的長髮依序從肩膀滑落，然後我對上了那雙蘊含各種情緒的黑眸。

「喲……妳來啦。」

腦中一片空白的我只能愣愣吐出這句話。

瞳淡淡地將視線轉回文庫本。

「如果臉上沾了什麼就直說，否則別像個變態一樣盯著我看。」

「沒、沒什麼，剛才進展得不太順利，想到頂樓吹吹風，突然看到妳才會一下子愣住了。」

我不清楚自己為什麼要找藉口。現在冷靜下來想想，一發現瞳可能來了，馬上衝到頂樓找她的舉動實在很丟臉，這樣豈不是顯得我好像迫不及待她的出現一樣嗎？

「嘛，就當作是那樣吧。」

瞳不置可否地說。

一直呆站在門邊顯得很尷尬，我默默地走到欄杆處，和瞳保持一定的距離，將手肘靠在上頭望向遠處的景色。

這是那起事件發生後，我第一次和瞳相處。

瞳若有所思地凝視著紙頁的文字。但我不久便發現從我上來到現在她連一頁都沒有翻。那張清麗的臉龐有一半被陰影籠罩，使得我無法看清楚此刻的表情，但是她透出了某種較以往還要森冷的氛圍……不，這麼形容不太恰當。

雖然她身處在這裡，思想卻早已飄到不知何處的地方。

「我說啊。」

瞳只是淡淡瞥了我一眼，輕輕地地頷首表示她有聽見。

明明是很普通的反應，我卻感覺心臟被針戳了一下，流出少許的情緒。但是瞳隨即用武裝的冷淡以及漠然擋在中間，使得我沒空閒去思考那情緒的本質。

為了敲碎那層不舒服的隔膜，我一反常態地努力尋找話題。

「今天的天氣挺難得的，舊首都很少能夠看見偏藍色的天空。」

「是呢。」

「雖然雲還是很多，算是美中不足的地方吧。」

「嗯。」

「……為什麼要特地跑到頂樓看書呢？樓下至少有椅子，比較舒服啊。」

「氣氛……吧。」

瞳總算表現出稍微感興趣的模樣，令我鬆了口氣。開新話題真累人，唯羽以前和我聊天的時候也是這種心情嗎？

「關在密閉空間只會令原本便不好的心情越來越糟，所以想到高處吹吹風……況且這裡還有個絕妙的優點，你猜得出來嗎？」

——再也無法忍受的話往欄杆一跳，所有的事情就解決了。

我忽然想起曾經在學校庭院撿到的那封信，胸口一緊。

瞳苦笑著用手指關節輕輕敲了敲欄杆，發出清澈的回音。

「看你的表情大概是猜中了。我應該說過吧，我們兩個很像，尤其是負面思考的部分。」

無法否認。和她相處越久，越覺得在照一面上下左右都顛倒的鏡子。

「可是依然有根本性的不同。我只是想想而已，絕對不會付諸行動。」

「世界上可沒有絕對的事情。」

瞳起身將手搭在欄杆上。被風吹拂的纖瘦身影似乎隨時會往下墜。

「當你站在欄杆外面，感受在身後推著自己的強風，低頭望著下方渺小的風景時，原先堅定的想法會逐漸剝落，只剩下『跳』或『不跳』兩個選擇，心念一轉說不定就跳下去了。那和心情、情緒、壓力並沒有任何的直接關係，只是單純的『機率問題』罷了。」

我隱約察覺到如果自己追問的話，瞳可能會因為各種理由而傾向選擇最簡單的方法那邊，然後正如她自己所言，身子一翻就跳下去了。所以我轉而提問出並非客套話，而是自己發自內心想到的問題。

「——待在那棟大樓頂樓的時候，妳都在看什麼？」

「你問的是學校頂樓還是都內的廢棄大樓？」

「兩者有差別嗎？妳一直都用相同的姿勢仰望天空啊。」

「說得也是……」

垂下眼簾的瞳似乎正在整理情緒，接著露出縹緲的眼神。

「……星星。無論學校還是廢棄大樓的時候都是。」

「廢棄大樓就不提了，待在學校的時候多半還是白天吧。妳在白天看星星？沒說錯嗎？」

「你看不見，並不代表不存在。」

瞳濕潤的聲音彷彿順著冬夜的霜風滑入心底。

「即使無法映入某人的眼簾，星星依然在相同的地方持續閃耀。」

「那麼，我最後再多問一件事……妳看星星的時候都在想些什麼？」

瞳陷入一瞬間的長考。見狀，擔心又踩到地雷的我急忙說：

「如果不想說的話就算了。」

「學長，對問出口的問題反悔稱不上是溫柔。真要說的話不如想清楚後再問，你現在的行為無異於撓破結痂的傷疤後再試圖將掉下來的瘡痂貼回去。」

瞳嘆了口氣，轉移目光平靜地敘述。

「——那是相當不真實的場景，我獨自站在狹小的星球，眺望著這個世界終焉之後的景象……那是一個灰色的世界。殘破傾倒的建築物、飄浮著塵埃的空氣以及沒有任何生命存在的寂靜。明明是白天，月球卻突兀地塞滿大半個天空，隕石坑清晰可見。那時我理解到世界只剩下我一個人……只有我一個人獨自站在一個很高、很高的地方，在幾乎要將我吹倒的狂風中注視眼前的蒼涼景色。」

寂靜在眨眼的時間內吹拂過我們倆之間。

我正在腦中構築瞳所說的畫面，但是她馬上又以細如蚊蠅的音量補充。

「……大概是那樣吧。就如同你曾經說過的夢境一樣。」

明明還有許多的不解之處，我卻沒有追問。因為我已經說過剛才那是最後一個問題了。為自己的行為找藉口果然是我最擅長的事情。

我低下視線，嚥回許多其他想詢問的問題。妳和香格里拉究竟是什麼關係？發生那種事情後會害怕嗎？

「——那麼我今天就先回去了。改造作業請繼續加油。」

瞳微微地欠身說完，起身走向鐵門。

直到瞳的身影消失在樓梯口，我都沒有出聲喊她，自然也沒有將那些詢問說出口。

不過度觸及他人的內心，也連帶保持自己內心的平靜。這就是我花費數年思考出的結論。如此一來就不會受傷，無論是我或是對方都不會。

不過至少有一件好事。瞳明天會像往常一樣待在我身旁、默默支持我的改造作業。沒有任何根據，但是就像我知道她會待在頂樓，我也明白她沒有說出口的想法。

我走到欄杆旁，眼前所及的景物竟和瞳描述的畫面有些重疊。是啊，我正生存在一個即將邁向破滅的世界，我應該早就知道了，卻直到此刻才理解那代表著什麼意思。

但是現實不僅僅只是如此。我存在的世界或許在唯羽離開的那天就毀滅了吧？只剩下與少數人的聯繫勉強構築出支撐的骨架——愛倫姊、瞳、母親，這些僅存的支架艱難地維持住超過早已負荷的重量，不讓傾斜的天空壓下來。

那麼讓瞳能夠維持世界存在的聯繫是又什麼？家人、戀人還是朋友？不過若是只要找個理由，其實什麼東西都可以，就算是家門口的雛菊草、路旁的小石子或是在夜空中閃爍的星星也無所謂。不過如果硬要選擇的話，還是雛菊草比較好吧。

因為很快就會枯萎、化成塵埃消失。

如同這個世界。

隔天，瞳在我抵達之前就來了。

她窩在室內僅有的一張椅子，併攏著雙腿，讀著放在膝蓋上的文庫本。

「今天來得有點晚。」

她用毫無起伏的聲音這麼說。

「抱歉，在路上稍微耽擱了。」

而我也輕描淡寫地道歉。如同我們在唱片行時的互動。

那件事變成心照不宣的默契，絕口不提。雖然或許只有我一個人這麼想。

「最近的氣溫越來越冷了，這樣下去說不定會破歷年的最低溫，到時候又會出現許多凍死的案例吧。」

「管它的，反正死的不要是我認識的人就好。」

有時候我真的很羨慕瞳想說就說的個性。雖然那種人通常無法適應社會生活。

「……謝謝了。」

那是隨時會被窗外風聲所掩蓋的微弱聲音，忽然出現然後立刻消失。

我有些錯愕地看向瞳的位置。

她完美的姿態令人看不出任何破綻，彷彿剛才的道謝只是幻覺。不會輕易剝落的假面具在任何時候都很方便啊。

理解到假裝沒聽見就是最適切的回應，我繼續做著手上的工作。

那天就在沒有其他事情發生的情況下平順結束。但是不知為何，我感到非常滿足。

街道已經積滿了雪。雖然高層派出軍方的剷雪機和部隊協助清理道路，不過也只有主要道路周邊的店家能夠申請到協助，比較偏遠的民眾還是只能拿著雪鏟依靠人力清除。

幸好我家是公寓，就算積雪堆滿一樓的出口也可以直接從二樓翻出去吧。抱持著這樣的想法，我從來沒去領過配給的雪鏟和防滑砂袋。

根據街道的公開廣播，溫度預計會在今夜突破今年的最低溫紀錄。會在這種日子外出的人不是瘋子就是無家可歸的人，店家早早就關起鐵門休息了。走在街道的我倍感孤單。

即使穿著衣櫃中最厚的一套衣服，依然冷到全身發抖，直到走進廢棄大樓才免於凍死街頭的命運。我蹲坐在電腦前方，手邊是從家裡帶來的即溶咖啡。儘管特意找出幾年前領到的保溫瓶，但是卻發現蓋子的部分早已破裂，已經失去保溫效果了。

一旁的瞳還是依然故我地喝著從自動販賣機中取出陳年咖啡。

這樣依然不會肚子痛也算是某種很厲害的才能。

低溫似乎連帶將我與瞳為數不多的社交心情一起凍結了。自從我踏入房間已經過了數小時，瞳只在一開始說過「真遲」一句話。不過這樣也好，省得我浪費熱量去應付瞳那如同哲理問答的詭異話題。

當螢幕右下角的電子時間跳成00:00的時候，我吐出一口長氣，喝光最後一口咖啡。

「進展如何？」

大概是察覺到了什麼，瞳走過來詢問。

「快要完成了，順利的話明天中午之前就能夠將記憶卡的內容複製到主機裡面了。」

說話的時候我不禁勾起嘴角。

現在我的表情大概是有史以來最開心的一次吧？

「那可真是恭喜了。」

瞳一如往常地淡淡表示意見。

「如果能夠更早完成就能夠當作自己的生日禮物了，雖然完全是因為你慢吞吞的才會拖這麼久。」

「呃，我姑且將妳這句話當作讚美吧。」

「雖然自己給自己送禮物有點……應該說非常令人鼻酸。真是個沒有朋友的可憐人。」

「我都說了要將妳的話當作讚美了！為什麼還要往扭曲的方向補充呢！」

瞳不置可否地哼了聲。話又說回來，沒想到瞳居然記得自己的生日，內心浮現微妙的感動，接著不曉得是哪條神經短路了，我竟然追問：「對了，妳沒有準備禮物要送我嗎？」

「為什麼？厚臉皮的學長？」

由於瞳的反問實在太過理所當然，我頓時支支吾吾地杵在原地。

「為什麼呢？厚臉皮的學長？」

瞳又重複了一次。對此，我只能低頭道歉。

「真是非常不好意思。我太過得意忘形了。」

瞳冷淡地瞪了我一眼，正打算繼續開罵的瞬間，我們不約而同地屏住呼吸。

因為我們同時注意到那個變化。

有一束手電筒的燈光從外面照進廢棄大樓，驅散了長年盤據在角落的黏稠黑暗。刻意壓低的討論聲就像是蚊繩振翅的聲響一樣令人討厭。

是軍方的人嗎？

我心中一涼，開始緩慢且安靜地收拾必需品。如果現在被發現，會不會觸法等問題暫且不管，後續的罰款刑責那些也不管，這台電腦和相關器材肯定都要繳回國庫，那麼目前為止的努力就全部白費了。

電腦主機和螢幕一定得搬走，零件和工具全部包一包的話應該用一個塑膠袋就夠了。問題是發電機要帶嗎？如果要繼續待在禁入區域的話，發電機是必備用品，但是軍方的突擊檢查一般會持續好幾天，直到將禁入區域全部巡過一次為止，這麼看來逃出禁入區域應該比較明智吧？不過有辦法逃出去嗎？

「你這麼做很不妙吧？」

瞳冷靜地分析現況。

「現在和上次被香格里拉的成員找麻煩不同。如果你的行為被發現，無疑是會被問刑的重罪。根據常理來判斷的話，立刻扔下所有可能被懷疑的物品，轉身逃跑才是上策。」

「我倒不認為成功逃跑的機率高到哪裡去就是了。」

「如果不幸被攔下盤問就假裝成夜遊的不良少年……不，假裝喝醉或是精神異常或許更好，答非所問地敷衍掉盤問，然後在拘留所待上一天左右就會被釋放了。尤其你的家世優良，說不定不用過夜就可以回家了。」

妳講得可真是有經驗，以前大概被實際抓去過吧。真不愧是每晚在禁入區域遊蕩的不良少女。話雖如此，我自己也曾經有差點和軍警人員在舊首都內撞得正著的經驗，雖然最後平安躲開，卻還是嚇得一連好幾天都不敢靠近禁入區域。

「別擅自沉思，你的回答呢？」瞳沉聲追問。

「我認為這邊的事情比較重要。」

「向來秉持理智思考的你會做出這樣的判斷還真是稀奇，該不會明天就是世界末日了？」

「別開那種無聊的玩笑了。妳有打算和我一起行動嗎？沒有的話妳可以逃跑了。」

「我可沒那麼說。」

「這樣正好。來，這個交給妳拿了。」

我在瞳反應過來之前馬上塞了一大袋零件到她的懷中。

「我不確定袋子的堅固程度，所以要抱著下方。」

「……你這傢伙。」瞳似乎相當不滿，卻還是將塑膠袋緊緊抱在胸口。

思考片刻，我還是決定帶上發電機，先用鐵鍊將主機綁起，揹在身後，雙手抱著發電機和螢幕。雖然走路尚且沒問題，若要跑動就有難度了。

「從後門離開吧。」

我一向都走前門，並不清楚後門以外的街道究竟會連接到哪裡去，雖然說大方向對就沒有問題，不過高層的人是從外圍向內搜索的，所以我們能逃跑的方向也只剩下舊首都都內。

瞳出乎預料的相當安分，沒有異議地一起走到後門。

不料剛跨出一步，就感覺到數多細小且冰冷的物體撞擊到皮膚，使得我不禁停下腳步。

下雨了？居然偏偏選在這種最差的時機。

「瞳，這邊。」我抓住瞳的手腕，將打算往前跑的她拉回建築物內。

「……你在做什麼？」

瞳不解地望著我，語氣逐漸變得強烈。

「結果最後關頭你還是突然反悔了，打算放棄努力到今天的一切向高層投降？任由他們沒收你的破銅爛鐵和對唯羽姊的約定？」

「妳自己也知道不是的話，就別浪費時間質問了。」

「那麼為什麼你要躲進來？現在可是分秒必爭的時候。」

「因為下雨了。」

聞言，瞳的眼神頓時失去溫度。

「所以那又怎樣？」

「居然說那樣怎樣……如果沒有配戴防護措施就跑進雨中，或許會被毒素污染，太危險了。」

瞳發出一聲介於嗤笑與嘲弄的笑聲。

「雖然早就知道了，但是你真的很有趣耶。不擔心世界末日，卻在意這種微不足道的小事情。」

「話是這麼說沒錯，不過兩者有世界自然毀滅和自己加速死亡的差別啊。」

「反正最終結果都一樣，不是嗎？」

說得好像有點道理？我猶豫了一會兒，斷然脫下大衣罩住身後的主機，大步衝入雨中。

首次在傾盆大雨中行走。不到幾秒鐘全身就都濕透了，雨水滲入布料，從皮膚往下滑行的觸感相當奇特，然而淋雨的感覺意外地不讓人討厭。如果不需要隨時保護電腦不被淋到的話，我還挺想高舉雙手、盡情地浸濕自己。

瞳湊近臉龐，疑惑問：

「呿，雨勢越來越大了。這些東西浸水應該會壞吧？」

「當然！所以拜託妳壓好袋口，不要讓雨滲進去。」

「身為人類的我們居然得保護無生命的機械，如果這雨真的是淋者立斃的毒藥，我的死因可真是滑稽到極點。」

「前面我記得有一間很大的廢棄超市，進去那邊躲一下如何？」我提議。

「可以考慮，但高層肯定也會澈底搜索那裡。與其躲在那種大範圍的廢墟裡，不如躲在小間的建築物，賭高層人員粗心的機率。」

「那樣只要被逮到就束手無策了。」

瞬間被論破的瞳不禁語塞，沒有接話。

雖然看不出來，不過瞳大概也慌了手腳吧？否則她才不會說出這種沒經過思考的提議。

「不過繼續往前走的話……應該會碰到淹水區。就會變成被前後包圍的情況了。」

「嗯，那樣不如——該死！」

瞳忽然低罵一聲，用右手攔住我，

「站住，不要再往前走了。」

「咦？怎……」

「閉嘴三十秒，最好連呼吸都停止。」

瞳的神色實在太過嚴峻，導致我真的嚇得呼吸停止了一瞬間。

好幾名披著暗色雨衣的男子神色匆匆地跑過，手上還拿著疑似槍械的長型物品。

又是軍方的人，而且和剛才是不同隊伍？

確認過那群人消失在遠處的轉角後，瞳輕吁出一口氣，咬著牙說。

「我們大概是被連累了。如果只是為了一台未通報的電腦或是例行性的清掃活動不可能會動員如此多的人數。肯定是香格里拉正在舉辦儀式，消息走漏到高層耳中，才會變成現在這種局面。」

「是這樣嗎？」

我最近到學校基本上只是為了出席天數，一進到教室就睡覺，缺乏偷聽同學之間聊天內容的情形下可說是與世隔絕，不知道香格里拉已經擴張到這種程度了。說不定我的同學當中也有香格里拉的成員，一想到此，胸口呼然浮現某種異樣的感覺。

瞳左右觀察了一下環境，轉了個彎繼續前進，同時簡潔地說明。

「香格里拉雖然只限定少年少女參加，但規模已經是高層無法忽視的程度了，光是舉辦一場抗議就夠讓高層頭痛了，更別提如果他們造反的話會對整個社會造成多大的動盪……最近高層早就因為擅自將數百人流放到第五生活區而飽受非難，如果香格里拉趁機推翻高層，後果難以想像。雖然我不認為他們會成功，但是造成數個星期的混亂狀態倒是輕而易舉。」

「慢著！香格里拉的理念有造反這一項？妳們不是普通的宗教組織嗎？」

「組織一旦變得龐大，什麼想法都有可能出現。至於理念……那種胡扯的東西要多少有多少，只要教主能自圓其說就沒問題了。」

瞳忽然伸手擰了我的腹部一下。

「而且我嚴重警告你，別使用『妳們』這個詞，我和那些盲從又無知的傢伙可不一樣。」

「知、知道啦！痛、很痛啦！快放手！」

揮開瞳的手之後，我卻愣住了。

轉角後的街道被藍黑色的潮水淹沒，浪花激烈地拍打兩側的建築物。粗略目測下來，水深至少超過兩公尺，並非能夠徒步跋涉的程度。

死路？瞳怎麼會犯這麼初級的錯誤，還是說她也是第一次到這附近？

「……因為豪雨的緣故導致淹水區域擴大了？該死！」

瞳咬牙想了會兒，果斷轉身。

「沒有充氣艇的話根本過不去，而且這些廢鐵也不能浸水。喂，折返了，動作快點。」

可是如此一來，與軍方的人面對面撞上的機率便提高不少，不是嗎？

「等等，妳冷靜點，現在只要一步走錯我們就會落得滿盤皆輸的下場。」

「你有計畫嗎？」

「……總而言之打算先一邊避開軍方的人一邊想辦法。」

「唉，我想也是。對你抱有期待是我的錯。」

瞳直視著我，不曉得是因為寒冷或是害怕的緣故，她的肩膀輕微顫抖著。

「瞳，冷靜點。」

「現在的我相當冷靜。」

「……會講這種話的人一般而言都無法冷靜行動。」

「那麼需要我如何行動才能夠證明我的冷靜？甩你兩巴掌或是將小刀塞進你的口中但是不傷及舌頭，你選哪一個？」

「……我相信妳。」

好吧，至少瞳還保留以往的毒舌與狠勁，大概沒問題。

雖然說要折返，我們也沒有一百八十度轉向，而是沿著淹水區域邊緣行動。可是如此一來會離第二生活區越來越遠。不過也沒有其他辦法了。走了好一段路，瞳忽然拐進旁邊一間互相連結的並排公寓建築。

「——先在這裡躲一陣子吧。樂觀點思考，只要我們等到軍方的人將香格里拉的成員都抓完就安全了。」

——會那麼順利嗎？

但是換個角度想，其實我只需要知道記憶卡裡面的內容就好了。到時候扔下笨重的器材，逃命成功的機率自然提高不少。換句話說，這段時間我依然得繼續作業。畢竟只要再一點時間、再一點時間就可以完成了。

「那麼就在這邊改造吧。瞳，麻煩妳幫我注意附近的動靜。」

往上繞了幾樓，我大步跨進走廊最深處的房間，卸下後背的主機與螢幕，一把接下瞳懷中的那包零件，開始重新組裝電腦。

「理解。我去前門那邊，如果有狀況發生會用貓叫聲通知你。」

「……如果可以的話，希望妳能夠用正常一點的方式警告我。」

「你傻了嗎？要是我們講話，豈不是直接告訴軍方裡面藏著人。」

「……也是，是我思慮不周。」

瞳沒再多說什麼，俐落地走出房間。

✣

等到我注意到瞳站在身後的時候，大概是半小時之後的事情了。

「妳怎麼回來了？有變化嗎？」

瞳輕輕搖著頭。

「勉強算是安全吧。公寓四周都沒有人影，不過由於雨勢的緣故無法看得很清楚。我姑且將主要的出入口都巡過一次，尚未發現有人進來的蹤跡。嗯……還有一個額外的消息，要聽嗎？」

「說吧，現在還有什麼不可以說的。」

「雖被雨聲蓋過去了，不過我隱約聽見遠處傳出槍響，可以暫時假定軍方有拿到開火的許可。」

雖然聽口頭描述很沒真實感，但那可不是能一笑帶過的消息。

對付香格里拉的青少年們也不必做到那種程度吧。

「……瞳，看樣子情況比我想像的還要危險，妳還是快點離開吧。隨便要假裝成湊巧路過的不知情民眾，還是偷偷從警方不知道的暗道離開都好，總之快點離開這裡。」

「嗯，我知道了。」瞳毫不猶豫地站起身子。

「我去外面拖延一下時間。你最好把握這段時間完成該做的事情。」

這樣就好。我自己的任性只需要由我自己承擔，如果連瞳都拖下水就太不合理了。

我一瞬間懷疑自己聽錯了。

「等、等等！妳要幹嘛？不是要妳快點離開了嗎！」

「要怎麼做是我的自由，你才沒資格管。」

瞳冷淡地說。

「如果要我在事情完成之前離開，那麼之前的付出豈不是都白費了。可別想賴帳，你還欠了我一堆人情還沒還……況且在我拿到答案之前不可能離開。」

「妳打算怎麼做？對方說不定會直接開槍啊。」

「穿著制服出去的話應該不至於那麼做，而且我只有一個人，大概會先心戰喊話吧。」瞳聳肩。「敢立刻對花樣年華的高中少女開槍的人肯定心理不正常，所以我應該是安全的……不過沒辦法撐很久是理所當然的事情，你還是盡快動作吧。」

「──拜託妳了。謝謝。」

我繼續埋首於電線以及零件當中，任由那個纖細的腳步聲離開房間。

沒有任何時候讓我澈底意識到自己的無能為力。

唯一能做的事情就是專注於手邊的工作。

但是明明已經將所有該裝的零件都裝了上去，線路也接好了，視窗卻依舊不停跳出「尋找不到新磁碟」的提醒視窗。

可惡！為什麼不行！為什麼還是無法讀取？我有哪個部分做錯了嗎？但是現在已經沒有時間讓我從頭開始檢查了，要先檢查哪邊？最後的部分應該沒有問題才對，畢竟都嘗試好幾十次了。

我忍住拍打主機的衝動，強迫自己平心靜氣地繼續嘗試。

忽然間一陣連續的槍聲響起，我身體一震，下意識望向出口的位置。

怎麼了嗎？不會吧？我強壓下不詳的想像，但是數十秒後，瞳卻便一拐一拐地走入房內。

「瞳？喂！妳怎麼了？」

我扔下螺絲起子，半跑半跌地衝過去，著急地試圖攙扶她的身體。瞳卻強硬揮開我的手，堅持要自己站著。

「別慌慌張張的，只是被射中大腿而已。已經止血了，沒問題。」

那種事情很嚴重吧！不要一副無所謂地講啊！

「……夠了，我們出去投降吧。」

反正只要記憶卡還在手裡，總有一天可以知道裡面的內容。

瞳卻無視我的提議，逕自問：「電腦的讀取裝置……怎麼樣？成功了嗎？」

「不行，無論如何都無法讀取。話說現在不是講這個的時候了，我們快點出去吧！」

「東西壞了，所以你就乾脆地放棄嗎？」

「什麼？」

在我愣住的時候，瞳身子一傾，雙手抓住領口，將我的臉拉到她面前。

在鼻尖幾乎相碰的距離，她一字一句清晰地怒吼：

「你已經放棄那麼多次了，難道連唯羽姊最後託付給你的物品也要輕易捨棄嗎？那是因為『啊，實在是沒辦法順利改造』這種原因就可以捨棄的事物嗎？即使滿身泥濘、即使苟延殘喘、即使狼狽不堪，你也要拼命完成才對吧！」

「妳……到底在說些什麼……」

瞳的身子晃了一下，接著右腳似乎失去支撐的力量，單膝跪到地上。這次我不容反對地一把扶住她。瞳試圖推開我，但是她的手似乎連握緊的力氣都沒了，只能無力地放在我胸前。

我呢喃著抱歉，同時伸手掀開她的裙襬。只見短裙之下是一個怵目驚心的焦黑傷口。上下纏繞的棉布已經吸血過多變成黑褐色的了。值得慶幸的是子彈沒有穿透肌肉，而且傷口也已經止血了。

我啞口無言，好半晌才愣愣地說：

「真虧妳這種時候還能保持一向的撲克臉，換成一般人早就痛到失去知覺了。」

「現在這樣還不足以稱為傷勢，況且該吞的藥都先吞了，一時半刻死不了的。」

……為什麼可以忍受這種程度的疼痛？

應該說，讓她願意忍受這種痛楚的理由是什麼？

「瞳……妳到底是誰？」

「那是現在該探究的問題嗎？真是一個不懂時間場合的傢伙。」

瞳冷哼了聲，一副不打算回答問題的模樣。她伸手在口袋摸索片刻，重新舉起的掌心放著數顆色彩鮮豔的藥錠。

「那是……什麼？」

「禁藥。」

瞳言簡意該地說明完，大概是我的表情變得很難看，她才補充說：

「並不是你想的那種藥品。雖然我也無法否定這東西的成癮性，不過一開始並非是為了使人上癮才研發出來的。香格里拉將現有的止痛藥全部混在一起，其望能夠做出澈底隔絕痛覺的藥品，不過卻是大失敗。藥效太遲、止痛效果不佳、諸多副作用、服用後的歡愉感也比不上最便宜的娛樂劑。所以最後就堆在倉庫的角落任其發霉。」

瞳盯著藥錠看了數秒，接著昂首用力吞下。

喉嚨動了一下。

「不過這種各方面來說都是半吊子的藥錠倒挺適合我的，吞幾顆就能夠減緩大部分的痛覺，只剩下輕飄飄的感覺，就像是在夢境與現實的中間，所以建議學長不要靠得太近，否則我不保證自己不會忽然失去理智，做出一些超脫常軌的舉動。」

「那樣的話有一定機率，我不會吃虧啊。」

這種時候居然還有心情調侃，我果然也不正常了。不料瞳卻冷冷地掃了我一眼說：「將學長誤認成仇人，然後抄起手邊的東西亂打一頓的可能性也是有的，如果這樣你依然願意待在我旁邊的話就請隨意吧。」

「……我們還是保持一段距離好了。」

「回到原先的話題吧。學長你的進度如何？有辦法在半小時內完成嗎？」

「很難說……運氣好說不定兩、三分鐘就可以了，但是如果有錯誤可能會拖到一、兩個小時。」

「微妙的時間啊。幸好我剛才砍傷他們兩個人短時間內應該不會再次突襲。被打穿一個洞換兩個人，並不吃虧，嗯嗯。」

妳身為平凡的高中少女居然敢和職業軍人面對面互砍，真不曉得該說是有勇無謀還是任性妄為。

「妳的信心究竟是打哪來的？為何那麼肯定如果他們不會立刻殺進來？」

「這棟公寓少說有千間房間，路線複雜，他們可能誤以為是香格里拉的重要據點而不敢貿然進攻，光是這點就大大有利了，更何況——」

這時忽然一聲巨響，整棟大樓劇烈地搖晃。

被嚇到瞳發出小小的尖叫，急忙抓住我的手臂，用力到指甲都嵌進肉裡了。

連炸藥都用上了？不會吧。

花了點時間才恢復冷靜，瞳咬著大拇指指甲思索了會兒，果斷說：

「抱歉，我收回剛才的話。評估目前的情勢後，我認為向舊首都的更深處撤退是最佳的選擇。我知道許多的地底密道以及連接陸地的出口，順利的話可以甩掉那些人。」

「不行，立刻投降。」我堅持。

「那點大概做不到了。」

瞳不由自主地發出輕笑聲。

「剛才我忘記說了。那個時候我一站出去立刻就被掃射了，明明還單手舉著白布擺出投降的姿勢，他們不曉得是失去耐心還是害怕香格里拉的成員會反擊，已經沒有最基礎的判斷力了。」

看見手無寸鐵的少女居然還敢開槍，那群傢伙果然也不正常。

「講真的，妳還撐得下去吧？」

「你如果有閒暇擔心我的狀況！不如將時間拿來完成那台破銅爛鐵的改造！只要你完成我

們隨時可以走人，你理解嗎？」
瞳忽然暴躁地揍了我一拳。明明剛才無力到無法握拳，真希望不是迴光返照。
「既然妳這樣說我就不客氣了。」
壓下那個不吉利的想法，我立刻著手於改造作業，繼續嘗試零件和線路的接合問題。
瞳靠在門框旁邊，警戒地不時探頭確認外面的情況。
不過……我很在意她不停按著下腹部的右手。上衣裡面難道藏著什麼嗎？自己胡思亂想了一下，我終於忍不住詢問：
「妳還有私藏的武器嗎？比如說手槍之類的？」
「如果有手槍的話剛才還需要扔出小刀嗎？請常識性地經過大腦思考一下再將話語說出口。」
瞳冷淡的言語反而令我訝異。
「……妳看起來還頗為理智啊，並沒有像先前所說的出現奇怪的舉動。」
「大概是吃多了，已經有一定的抗藥性了。」
瞳說完又從口袋抓出一把藥錠，數也沒數地就抬頭吞了下去。話說回來，這傢伙之前並沒有需要服藥的理由吧？那麼隨身攜帶大量藥品的原因是什麼？
「……雖然我不太清楚，但是一口氣連續吃那麼多好嗎？」
「沒差，距離藥效發作也要一段時間，要是等到開始痛的時候再吃就來不及了。」
瞳的口氣就像在敘述他人的事情一樣平靜。

「況且要是我現在失去行動力會令學長很困擾吧。」

「……別擔心，那樣的話我會和妳一起死的。」

瞳輕笑出聲。

「我可不要，殉情的對象非得是美少女或從小就認識的男生，我從小時候就決定好了。你的話可不符合條件。」

那是什麼詭異的童年回憶。我喃喃自語了一句，便將注意力轉回手上的線路裝置。

接著，難以想像的，主機前方的燈泡發出微弱的紅光——成功連結的燈光。

「……完成了。」

我難以置信地望著螢幕。

這個成果來得太過突然了。明明早已想像過這個畫面無數次了，當它確實存在於眼前的時候卻又相當不真實。

現、現在該將記憶卡放進讀卡機裡面。過於慌亂之下，我卻試了好幾次都對不準位置。

瞳沒有表示任何意見，只是跛著走過來奪走我掌心的記憶卡，將之安裝到讀卡機，然後毫不猶豫地插入主機的插槽。

等待主機搜尋記憶卡的時間異常漫長。當搜尋結束，欄位跳出新的磁碟裝置時，瞳伸出纖長的食指果斷按下確認鍵。

接著跳出的視窗提醒是「尋找不到檔案」。

……尋找不到檔案？

這是什麼意思？

記憶卡裡面是空白的？

我腦中一白。無法理解自己究竟看到了什麼。

難不成我讀取的時候不小心將資料洗掉了嗎？不、不可能會發生那種事，目前執行過的動作只有開啟檔案與讀取檔案，完全沒有會不小心洗掉資料的步驟，資料更不可能在讀取之前被洗掉，或者是——

另一個竄過腦海的可能性使得我渾身發冷，手腳無法控制地顫抖。

——這個記憶卡本來就是空白的？唯羽風格的令人完全笑不出來的玩笑？

開玩笑的吧……那麼我至今所做的努力究竟是為了什麼？努力研究電腦、跑遍舊首都都內和黑市尋找零件、做著不擅長的細活導致手指全是傷口和繭、現在甚至被軍方當作通緝犯圍捕，只為了一個空白的記憶卡？別開玩笑了！

「——果然如此。」

耳畔傳來的輕柔嘆息。

我猛然轉頭，正好對上瞳平靜的臉龐。

「……這是什麼意思？為什麼一副妳早就知道裡面是空白檔案的口氣。」

「知道啊。」

瞳卻點點頭，平靜地說：

「我早就知道裡面沒有任何資料了。雖然沒有證據，只是猜測。」

追問的話語尚未離開喉嚨，我便注意不對勁。她的臉色也蒼白得太過分了。
「瞳，妳身體沒問題嗎？」
她沒有回答，而是一個踉蹌跪倒在地。我急忙伸手攙扶。
「妳到底在幹什麼？血不是已經止住了嗎？」
我將手電筒的燈光轉向瞳的大腿，只見吸收大量鮮血的棉布已經變成黑褐色。在那之上的傷口卻仍然有鮮血汩汩地流出。
「瞳！妳、妳的傷口還在流血……不快點處理的話——」
「你不需要管我！剛才我有辦法暫時止血，現在就有辦法再次止血！更何況你該做的不是關心我的傷勢吧！」
瞳忽然激動地打斷，雙手胡亂揮動地掙扎著遠離我。
「學長是一個只在意自己的自私者，這點我早就知道了，不要在這種時候才推翻自己以往的信念，假惺惺地跑來關心我好嗎。反正就算我死在眼前，你連眼皮也不會眨一下對吧。」
「妳……在說什麼啊？我是……自私者？」
瞳猛然推開我，重心不穩地站起身子。她努力調節沉重的呼吸，一字一字清晰地說：
「終於來到互掀底牌的時候了。那麼現在告訴你也無妨，學長，其實這一切都是唯羽姊與我制定的計畫。」
「那到底是……什麼意思？妳究竟在說些什麼啊？」
不對！現在重要的不是追根究底，而是將瞳送到醫院治療！但是我卻沒有動作，默認地讓瞳繼續說下去。這是最差勁、最惡劣的選擇。這麼做是錯的。但是我無法忍受想要知道一切的心情。

「從我在頂樓扔下信封開始，計畫就開始了。」

瞳的目光冰冷地令我不寒而慄。

「從那麼早的時候？但是等等，這樣不合理……一切都不合理啊，根本無法自圓其說……」

「為了讓你知道自己所犯下的過錯，設身處地地體悟到唯羽姊的心情，我們才會制定這項計畫。」

瞳不理會我的微弱反駁，逕自說下去：

「唯羽姊選擇減少練習薩克斯風的時間，學習關於機械的知識，從零開始努力。廢寢忘食、不分晝夜地努力，去找各種人拜託他們提供知識與零件，也失敗了好幾百次，終於學會製作記憶卡的方法。」

換句話說，唯羽會到工廠去修理機械，也是為了製作這個記憶卡……也是為了我嗎？

「但是那段時間的學長在做什麼？你什麼也沒做，只是在廢棄大樓之間漫無目的地悠晃，擅自想出一堆解釋自己行為的藉口，不過你真的以為那種青少年妄想出來的藉口能夠完美地替自己開脫嗎？那些藉口的重量足以代表未來嗎？就算你自甘墮落，拿自己的未來開玩笑，你也要為那些對你抱持期待、那些相信你的人想想啊！」

我無法發出任何聲音，任憑瞳犀利的言語砸落在皮膚、刮出傷口。

「說到底，你只是個害怕自己會受到傷害的膽小鬼。自私自利的傢伙！凡事都選擇最不會傷害到自己的那條路，這麼做當然不會傷害到自己，因為受傷的都是和你親近的人啊！講了一堆沒用的大道理，說到底你只是讓自己先習慣世界末日後的生活罷了，但是這樣有任何意義嗎？那樣的話不如直接去死吧！去死吧！反正兩者對你來說都沒差別啊！」

瞳越說越激動，雙手不能自己地大肆揮舞。

「你看待事情的態度也是混帳至極！因為唯羽姊的態度曖昧所以不敢告白？因為她好像有其他更要好的男性朋友所以自己沒有勝算？如果告白失敗就連朋友都沒得做了、不如維持現狀？別胡扯了！我看你只是一直在等唯羽姊向你告白吧？混帳！只會祈禱著奇蹟出現的你和香格里拉的那些喪家犬有什麼差別！結果就是一拖再拖、最後甚至連道別的話都沒說出口就結束了！」

——關於這點，我已經深刻地反省過了。

但是那樣如何？死人是不會復活聽我道歉的。我將話嚥回喉嚨深處，伴隨著苦澀的唾液一齊回到鼓動的心臟。

「乾淨俐落地告白之後，就算被甩掉也好、成功交往也好，無論哪一個都只是戀愛的第一步而已，從來沒有告白經驗的傢伙根本沒資格談論愛情。」

瞳即使腳步踉蹌、彷彿隨時會倒下的模樣，卻還是勉強地保持站姿，直直瞪著我。

「唯羽姊與你澈底不同！你根本沒資格以她的青梅竹馬自居，更沒資格聲稱自己喜歡她！膽小鬼！」

原來如此……是這樣啊。

唯羽同樣知道世界毀滅的期限。

儘管如此，她還是拚命地努力活在「當下」，在時限之前盡情灑耀自己的光彩，試圖活得毫不後悔……其他人應該也是這樣吧？在名為「死亡」的世界末日到來之前，依然努力地、拼上全力地活著。

相較之下，因為得知世界末日就嚇得封閉自我的自己簡直幼稚地不像話。

我無地自容地捂著臉，卻從眼角注意到瞳不自然地往窗邊移動。

——她想要幹什麼？

瞳現在的狀況隨時暈倒也不稀奇，應該要立即送醫了，但是我卻覺得她還有一件很重要的事情尚未說出口。

我下意識地踏出腳步，往她的位置靠近。

「……學長，你打算做什麼？」

「這個問題該是由我問的才對。瞳，妳現在打算做什麼？」

「唯羽姊拜託我的事情已經達成，因此沒有理由繼續待在這個爛到無以復加的世界了。」

長髮少女閉上雙眼，往後一跳。

纖細的身軀就像是被深夜折斷似的落下。

我根本沒有時間思考，反射性地拔出綁著電腦的鐵鍊衝到窗邊，用力往下扔，放聲大吼：

「抓住！」

彷彿被怒吼嚇到了，瞳反射性地伸手抓住鐵鍊。

——好重！超乎預想的重量令我差點跟著一起往前摔下去。胸口狠狠地撞在窗軌，痛死了！肋骨該不會斷了吧？依然和鐵鍊綁在一起的電腦發出刺耳的摩擦聲響被一路往外拖。

……不對！就是被往外拖才好！

我用腳將電腦主機繼續往牆邊推，螢幕、喇叭同樣被各種電線拉著一齊摔落地板，連同主機轟然撞在牆壁。破裂聲響不絕於耳，然而多虧如此，被扯到極限的鐵鍊終於停止。

我立刻鬆開鐵鍊，前傾身子握住瞳的手腕將她整個人往上拉。

在我以為肩膀會脫臼的時候，瞳總算踩住公寓外牆的凹凸處，從窗戶翻回房內。

撐在我的胸口挺起身子，瞳立刻詢問：「電腦呢？」

我沒料到瞳第一句話會問這個，反射性地看向牆邊。

只見各種器材和電線都纏繞成團，歪七扭八，無疑成了一大塊廢鐵。

「白痴嗎！記憶卡不是還在裡面！那是唯羽姊留給你的最後一項禮物吧！」

順著轉動視線的瞳緊緊揪住我的衣服，咬牙罵。

「雖然剛才我確實沒有思考，不過現在冷靜下來之後，我還是覺得這樣做沒有錯。」

否則當我叫妳抓住的時候，為什麼妳毫不猶豫就照做了？

當然我沒有將這句反詰化成言語，轉而說：

「雖然交易無法履行了，但是我厚臉皮一點。瞳，差不多該說明為什麼妳會對我——對唯羽這麼執著了吧。」

「……現在討論這種話題嗎，你還真不會看氣氛。」

瞳莫可奈何地嘆口氣。

「其實很單純，因為這是唯羽姊拜託我的事情。」

瞳垂下視線，用混雜了哽咽地聲音緩緩說：

「從我有記憶以來第一個信任我的人拜託的事情，無論付出什麼代價我都必須做到最好才行。即使我根本沒有繼續活著的意義，至少在完成唯羽姊的託付之前絕不能去死。」

瞳的聲音越來越虛弱，說到後來彷彿聲音一脫口就被吹散了。

「人一旦死了就什麼都沒有了。」

「之前活得像個死人的你可沒資格這麼說教。」

瞳冷靜且犀利的言語刨挖著我的傷口，而我只能苦澀地拉起嘴角。

「我已經在反省了。」

「那種話任誰都會說，只有實際行動才能證明。」

「那麼實際行動就留到以後再作評斷吧，現在得快點去醫院。」

這個時候，我才意識到瞳沒有從這個彆扭的姿勢掙脫，或許是因為她連起身的力氣都沒了。

我稍微調整了一下姿勢，背起她很輕很輕的身軀。

瞳的臉龐正好靠在我的右肩。她若有似無地嘆了口氣。

「即使快要世界末日了，我依然得去治療傷口嗎？」

「別開這種無聊的玩笑了，就算明天世界會毀滅，今天的傷口還是得治療。」

依偎在後背的溫度似乎稍微提高了一些。

瞳呼出的鼻息輕搔著我的後頸。

「正確答案。雖然剛才打算自殺的我沒資格這麼說，不過這正是唯羽姊想要傳達給我……或許也是要傳達給你的話。」

「看妳完全不擔心自己的身體的樣子，我可以放心妳的體力至少能撐到醫院門口吧？」

「應該沒大礙，人類可不會因為被槍打穿個洞而喪命，否則就不會從舊時代苟延殘喘地活到現代了。」

嗯，既然她還有心情毒舌，大概沒問題吧。

話說回來，我們該如何突破聚集在下面的軍方？投降的話應該來不及了，畢竟他們可是警戒到一發現人影就開槍的程度，貿然現身太危險了。

幾經思考之下，束手無策的我還是只能求助於他人。

「瞳，妳有適當的暗道能夠離開嗎？」

瞳深深嘆了口氣。

「果然是個做事不經大腦的傢伙，真搞不懂唯羽姊究竟看上你哪個地方……地下室應該會有通往地底網絡的門，去找找看吧。到一樓的時候多注意一下，別和軍方正面撞上。」

「妳之前來過這棟建築物嗎？」

「不然你以為我是隨隨便便走進來的嗎？雖然我一開始的確想尋死，不過可沒有讓你陪葬的打算，你沒那個資格……最近這段時間我都住在這裡，有一定程度的熟悉，地底的暗道可以通向、咳、咳咳！」

瞳忽然摀住嘴，劇烈地咳嗽。幸好沒咳出血來。

我擔憂地說：「妳還撐得下去吧？拜託妳千萬要保持意識清醒，要是昏迷過去我可不曉得急救的辦法。」

「到時候一直甩巴掌直到我醒來吧。」

「喂，我可不是在開玩笑。」

「既然如此，你就努力和我聊天吧，一直講話的話就能夠確認我的清醒了。」

「這倒是個好方法……啊，正好有個問題我很想知道，為什麼妳會隨身攜帶醫療用品？」就算瞳再神通廣大也不可能預料到自己會受傷吧？

「醫療用品？」

「妳拿來綁在大腿的那條布啊。」

瞳忽然沉默了會兒，這才幽幽地說：「……那是衛生棉，很能吸水而且手邊又沒有其他東西就直接綁上去了。」

為了忍笑我差點被口水嗆死，不過下一秒我的後腦杓就被狠狠搧了一巴掌。

「別笑！不如說這項物品原本就是被用來當作止血帶的！我看過類似的記載！」

「那麼還真是學到一課了。」

「你最好立刻忘記這件事，否則我、我……我就大聲喊軍方的人過來，順便誣賴你幾個誘拐少女、犯罪未遂的罪名。」

「是是是，那麼剛才我們在說什麼話題？」

這個時候，苦笑的我按照瞳的指示抵達地下室。

地下道的入口藏在一整堆鐵管的後方。我先將瞳放下再將鐵管移開。光是這個動作就累得我氣喘吁吁。不過一旦我們進入通道後，就沒辦法將現場復原。我只能聊勝於無地拿一根鐵管架在鐵門後方，暫時性地鎖住鐵門。

這裡的地下道比想像中還要髒，到處都是黏稠的青苔和水潭，甚至散發著腐敗的惡臭。

「對了，你真的以為唯羽姊會做出那種事情嗎？」

「……現在在講什麼話題？」

「你覺得她真的會只送出一個空白的檔案當作生日禮物嗎？」

我一愣，遲疑地說：「但是她在搬家之前只有給我這片記憶卡啊。」

「她有給我這個隨身聽。初次見面時不是說過嗎？我只是在某個期限之前代為保管而已。這個隨身聽就是唯羽姊要送給你的真正的生日禮物……雖然原本只是因為她要搬家了才寄放在我這裡，沒想到最後卻變成這樣的情形。」

瞳一邊說一邊掙扎地用右手取出始終放在口袋的隨身聽，越過肩膀放到我的胸前。

這個時候，我才遲來地最初在學校頂樓見面的時候，我們交談的那段對話內容。從她極度狹窄的人際關係與至今為止在對話當中給出的提示推論，那個人就是唯羽。我應該早就察覺到了，但是卻沒有。

違和感逐漸消散。

心中感覺原本分離四散的碎片即將湊合在一起。

「這段時間，我一直都用耳機聽著唯羽姊的聲音。不過畢竟是送給你的生日禮物，繼續獨佔也不太好，現在還給你吧。」

在我尚未完全理解現狀的時候，盡頭的光線告訴自己順利抵達地面了。潮濕的空氣迎面撲來。緊接著，我發現雨已經停了。陰鬱烏雲後方的天空也隱約透出光亮。

由於雙手都必須托穩瞳的大腿，我花了一段時間才轉動手腕拿好隨身聽。瞳幫忙將頭戴式耳機的電線插入隨身聽，將之戴到我的兩耳。

「雖然聽過無數次了，不過我還是要聽。不容許你拒絕。」

「……請隨意。」

我低聲回答，隨即意識到或許我和瞳是這個世界唯二具有資格聆聽的人。

我感受著瞳將耳朵抵在耳機的酒紅色外殼，她的鼻息與心跳，繼續用單手操作隨身聽。裸露在外的皮膚因為她的髮絲而傳來淺淺的痲癢感。

接著，我按下開關。

在彼此緊密依偎的情況下，耳機傳來那個極度懷念的嗓音。

「生日快樂，悠。」

——是唯羽的聲音。

久違的、懷念的、令人愛憐的她的聲音。

光是這一句就令我差點哭出來。我忍著熱紅的眼眶，專心傾聽。

「為了製作這兩樣東西你知道耗費了我多少時間嗎？簡直累死人了，好幾次都想中途放棄。這絕對是我做過最麻煩的生日禮物，相較之下圍巾、手套根本不算什麼。」

瞳忽然擰了我的腰側一下。

這個應該是不爽我曾經收到其他的生日禮物吧？

「如果你聽得到這段話，大概表示你已經知道小瞳是誰了，我相信你在機械……尤其是電腦的硬體設備方面相當擅長，所以特別挑了一個最為冷門的記憶卡款式，讓你努力了很久真是對不起，但是你應該也稍微瞭解到即使徒勞無功、即使最後沒有獲得任何東西，那些努力依然不會白費吧。」

唯羽停頓了一下。

「現在才能夠心平氣和地說出來，那些才是我真正想要告訴你的。透過機械進行傳話就不會看到對方的表情，可以簡單說出一些平時難為情而說不出口的內容，似乎也不壞。嗯……話題稍微繞回小瞳那邊吧，萬一你還不認識她的話請去向她搭話吧。雖然她老是板著一張臉，其實是個內向的好孩子，你可不要太欺負人家，要是惹哭她的話我絕對不會饒你的。」

我忽然有股衝動想要轉頭察看瞳此刻的表情，說不定可以難得看見她臉紅的臉龐。不料瞳搶先一步用手臂勾住我的脖子，不讓我移動半吋。

「我沒打算轉頭啊。」

「你會這麼說就代表你有那個想法！」瞳趁機用指甲多刮了幾下。「安靜點！不然聽不見唯羽姊的聲音了。」

「——搬家之後，我超擔心你們兩個又會將自己關在自己的世界裡面，不肯接觸外面的事物……咦？等等，這個數字是什麼意思？在減少耶……討厭，好像快到時間限制了，我還有很多話沒講耶，像是——」

錄音到此結束。

只剩下空轉的微弱雜音迴盪在耳機和耳膜之間。

「……瞳，我喜歡唯羽……即使是現在，我依然喜歡著她。」

瞳隔了好幾個吐息的時間，這才用輕輕地以嘆息碰觸我的後頸。

「這句話就是你的感想？」

「因為有些事情不說出口，對方永遠也不會知道。」

搭在肩膀的手指一瞬間緊揪了。瞳將臉頰靠在我的頸部，輕聲宣言：

「嗯，不過我也喜歡唯羽姊，不會把她讓給你的。」

「妳這傢伙，別把唯羽講得好像是妳的一樣！」

「我和唯羽姊之間的關係可不是你能夠想像得到的。那可是超越了友情、即將到達戀人心靈相通的等級呢！」

這個瞬間，我忽然有個異想天開的猜測。

雖然瞳之前說了許多「這是為了讓我反省所制定的復仇計畫」之類的話，但是說不定唯羽有其他真正的用意。

那個總是在替其他人操心的溫柔少女擔心一旦自己搬家之後，我和瞳……我們兩個根本不和外界接觸的人會澈底封閉自己，做出無異於自行迎來世界末日般的舉動，所以才利用各種方法試圖讓我與瞳連結在一起。

直到她搭上搬家的火車都沒有說破關於信與計畫的事情就是最佳證據。

她想要營造出我和瞳之間的接點……即使自己已經離開這座城市了。

而事情也確實按照唯羽的預測發展。

身後的瞳依然在大肆炫耀自己和唯羽的親密關係，身為聽眾的我沒好氣地打斷。

「初次見面的時候就覺得妳是個討厭的人了，那個預感果然沒錯。」

「唯有這點我得說聲彼此彼此。」

瞳笑著輕捶我的肩膀。

「因為我們很像啊，會喜歡上同一個人也不意外。」

現在回想起來，這次好像是瞳第一次在我面前發自內心地笑出聲音來。

「總而言之，抓緊時間去醫院吧。我們可是尚未脫離禁入區域……雖然看妳這麼有精神，大概一時半刻不會有問題。」

「就說過好幾次，我沒有問題了。」

瞳又捶了肩膀一下。

「——吶，這麼說起來，妳知道嗎？」

我抬高視線，望著烏雲逐漸散開的灰色天空。

「據說在更南方的國家，因為受到宇宙塵埃的影響較低的緣故，能夠看見沒有任何遮蔽的真正的天空，和這裡的灰濛濛景色截然不同，那是乾淨、澄澈而且藍得令人感到眩目的天空，甚至可以毫無阻礙地望向位於更遙遠彼端的宇宙，夜晚則是能夠看見銀河……不是舊首都這種三三兩兩的星星可以相提並論的程度，而是佈滿整片天空的璀璨星群，數量多到無法計數。雖然我曾經聽說過，不過無法想像究竟是什麼樣的景色。」

「為什麼突然提到這個，沒頭沒尾的。」

「妳不覺得很想親眼去看看一次嗎？那種彷彿只存在於舊時代的天空。」

「……嗯，如果有機會的話。」

瞳將臉埋入我的後背。髮絲搔著後頸。

一定會有機會的。

我在內心這麼回答。

因為世界並不會在明天突然迎來終結。

我們有著比所想像中更多的時間去嘗試各種事情。

到處都是水窪的路面粼粼反射著雨過天晴的微弱光線。在即將邁向終結的舊首都街道，我和瞳朝向前方晦暗不明的未來繼續前進。

THE END

語言文學類　PG1969　SHOW小說54

我們深愛的2/3的她

作　　者 / 佐渡遼歌
責任編輯 / 林昕平
圖文排版 / 周好靜
封面設計 / 蔡瑋筠

發 行 人 / 宋政坤
法律顧問 / 毛國樑　律師
出版發行 / 秀威資訊科技股份有限公司
114台北市內湖區瑞光路76巷65號1樓
電話：+886-2-2796-3638　傳真：+886-2-2796-1377
http://www.showwe.com.tw
劃撥帳號 / 19563868　戶名：秀威資訊科技股份有限公司
讀者服務信箱：service@showwe.com.tw
展售門市 / 國家書店（松江門市）
104台北市中山區松江路209號1樓
電話：+886-2-2518-0207　傳真：+886-2-2518-0778
網路訂購 / 秀威網路書店：https://store.showwe.tw
國家網路書店：https://www.govbooks.com.tw

2020年4月　BOD一版
定價：290元

國家圖書館出版品預行編目

我們深愛的2/3的她 / 佐渡遼歌著. -- 一版. -- 臺北市 : 秀威資訊科技, 2020.04
面；　公分. -- (語言文學類)(SHOW小說；54)
BOD版
ISBN 978-986-326-797-3(平裝)

863.57　　109004457

讀者回函卡

感謝您購買本書，為提升服務品質，請填妥以下資料，將讀者回函卡直接寄回或傳真本公司，收到您的寶貴意見後，我們會收藏記錄及檢討，謝謝！
如您需要了解本公司最新出版書目、購書優惠或企劃活動，歡迎您上網查詢或下載相關資料：http:// www.showwe.com.tw

您購買的書名：________________________________
出生日期：________年________月________日
學歷：□高中（含）以下　□大專　□研究所（含）以上
職業：□製造業　□金融業　□資訊業　□軍警　□傳播業　□自由業
　　　□服務業　□公務員　□教職　□學生　□家管　□其它____
購書地點：□網路書店　□實體書店　□書展　□郵購　□贈閱　□其他
您從何得知本書的消息？
□網路書店　□實體書店　□網路搜尋　□電子報　□書訊　□雜誌
□傳播媒體　□親友推薦　□網站推薦　□部落格　□其他________
您對本書的評價：（請填代號　1.非常滿意　2.滿意　3.尚可　4.再改進）
封面設計____　版面編排____　內容____　文／譯筆____　價格____
讀完書後您覺得：
□很有收穫　□有收穫　□收穫不多　□沒收穫

對我們的建議：________________________________
____
____
____

請貼
郵票

11466
台北市內湖區瑞光路 76 巷 65 號 1 樓

秀威資訊科技股份有限公司 收

BOD 數位出版事業部

....

（請沿線對折寄回，謝謝！）

姓　　名：＿＿＿＿＿＿＿＿ 年齡：＿＿＿＿ 性別：□女　□男

郵遞區號：□□□□□

地　　址：＿＿＿＿＿＿＿＿＿＿＿＿＿＿＿＿

聯絡電話：(日)＿＿＿＿＿＿＿＿ (夜)＿＿＿＿＿＿＿＿

E-mail：＿＿＿＿＿＿＿＿＿＿＿＿＿＿＿＿